講談社文庫

まどろむ夜のUFO

角田光代

講談社

目次

まどろむ夜のＵＦＯ

まどろむ夜のＵＦＯ

UFOが来るらしいのよ、ってもちろんTVでやってたんだけどね、それを見にいくみたいなのよ。朝の七時に電話をかけてきた母親はまずそう言って、眠りの真ん中にいた私は何のことかさっぱり理解できず、まだ夢の最中なんだろうと勝手に解釈して聞き流した。しかし電話は一向に切れる気配をみせないばかりか、両頰を殴《なぐ》るような勢いで、ねえ起きてる？　聞いてるの？　というフレーズをときどき差しはさんでくる。観念して目を開けるとカーテンの合わせ目が歪《ゆが》んだ一直線に透き通っている。

母が言うには、タカシが夏の間だけ私のところで過ごしたいと言い出し、今朝の電車でこっちに向かってきている。どうして急におねえちゃんのところに行きたいなんて言い出したのか、訊《き》いても何も答えず、問い詰めたら予備校の夏期講習に通いたいんだと答えた。けれど母はタカシを見送ってから、タカシが東京に行きたいと言った前の晩のTVのことを思い出した。父と母とタカシと三人で夕食をとっているときたまたま流れていたのがUFO特集で、見るともなくつけっ放しにしておいたのだが、たしかその番組の中でUFO博士みたいな男が近々東京にUFOが現われると宣言していた。どうも狙《ねら》いはそれなのではないかと、またそう思い始めたら絶対そうなような気がし始めた、ということだった。そこまで納得するのに三十分近くかかり、ようやく目が冴えてきた私は床の上のCDケースや雑誌をよけて煙草《たばこ》を捜し、結局見つからなくて灰皿に残っている比較的長い一本を選んで火をつけた。その間もずっと母親はしゃべっている。ねえまた変な病気が出たんじゃないかしら？　あのときチャンネル変えてればよかったんだけど、すっかり忘れてたのよねえ。何だか怖くって、UFOが来るから行くの？　って本人に訊けなかったのよ。ねえ見張っていてやってね。ねえ変なこと言い出すようだったら連絡ちょうだいね。ね？　わかったわね、頼んだわよ。終わりの二言を何度も繰り返し、切る間際にちゃんとご飯は食べているのか、学校へは行っているのかとつけたしのように訊いて電話を切った。

もう一度ベッドに潜ったけれど目が冴えてしまい、仕方なく起き上がって部屋の掃除を始めた。カーテンを開け放つと、ラジオ体操の音楽が高らかに鳴り響いてきそうな晴天が広がっていた。流しにたまった食器を洗ったり、扇風機についた埃《ほこり》を取ったり、床を埋め尽くしている雑誌や手紙を一つ一つ取り上げて、二年ほど会っていない弟を思い浮かべ、干してあった下着を急いでしまいこんだ。そこまで終えてもまだ九時前だったのだが、リダカくんに電話をかけた。何時から起きていたのか、やあ、おはよう、と明るい声を出すサダカくんに、今日は弟が来るので会えないことを伝えた。学校があるときも休みに入ってからも、五日に一度、二人で食事をするのが私たちの間の暗黙のルールになっていて、それを急に変えるのがよっぽど嫌なのか、

「じゃあきみのアルバイトが終わってから会おうよ」

明日にしようとかまた五日後に会おうとか、私の用意していた提案は全部間違っているように思えるほどはきはきとサダカくんは発音し、そうだね、と私もはきはきと答えていた。

真ん中に立って部屋の中を見渡し、一つ一つチェックしながら弟のことを考えた。

タカシは子供のころからUFOだとか宇宙人だとか心霊写真だとかおっぱいが六つある女の話だとか、とにかくそんな妙な話が大好きだった。「実写・霊は語る」「捕らえられた宇宙人」「恐怖・宇宙人の子供を孕《はら》んだMさん」、そういううさん臭い写真の

たくさん載った本を買いこんでは「ねえおねえちゃん知ってる？　これ」と顔じゅうをはちきれんばかりに輝かせてそれらの写真を見せてくれた。タカシは友達があまり多いほうではなく、近所の子供たちが空き地で野球やプロレスの真似事をしている時間必ず家にいて、「ねえおねえちゃん」と後ろ手に本を持って私のあとをついてきた。二人で話しているとどんどんもりあがってきて何時間でも話していることができた。どうしたら宇宙人とコンタクトを取ることができるのか。もし学校からの帰り道宇宙人に取り囲まれたらどうやり過ごせばいいのか。極秘情報をやりとりするスパイになりきって、私たちは押し入れに閉じこもり、声をひそめて話し続けた。タカシは中学に上がってもそれらに飽きることはなく、相変わらず「ねえおねえちゃん」とやってきたが、ただ身体の大きくなった私とタカシが押し入れに閉じこもるのは物理的に無理だという理由で、私たちは二人の空間に入りこむことをやめた。その後のタカシが特にのめりこんだのはＵＦＯで、夢中になりすぎたのか私よりも警戒心が緩かったのか、家族の揃《そろ》った食事の場などでふと口を滑らせてしまうことがあった。「見て、あそこの空が妙に明るくない？」と窓の外を指したり、「ＵＦＯがしょっちゅう見れるどこそこの山に行きたいから旅費を下さい」と言い出したり、挙句の果てには「それが宇宙の望む方向だから」といったような言いまわしを使い始めて、私は慣れているからよかったけれど、そんなことを食事中に言われた両親は目を丸くした。父親は聞こえないふりを通したが母親は「悪い病気じゃないか」と騒ぎ始め、むりやりタカシを病院に連れていこうとすらしたのだった。それ以来タカシはその話題をいっさい口にしなくなった。

一応人を迎えられるくらい部屋の中が片付いたその日の午後、タカシはやってきた。玄関の敷居をはさんで彼と向かい合い、会わなかった二年間が頭の中をさっと横切った。といっても会わなかったその間にタカシが何をしていたかは知るはずもないので、横切っていったのはただの半透明の空白だった。タカシは背も高くなっていれば顔立ちも少し変わっていて新聞の集金人にも思えるのだが、それでも見知った弟に変わりないのがかえって恥ずかしく、うつむいて挨拶の言葉を口の中でつぶやいた。

「今日ね電車の中で友達ができたんだよ」彼は私の戸惑いを全然感じていないように部屋に入るなりしゃべり始めた。「もっと早く着くはずだったんだけど、それで遅れちゃったんだ。電車の中で、男の人がギター持って乗ってきて、ぼくの隣でずっと歌ってたんだよ」

「こっちじゃよくあるよ、そういうこと」

親しげに答えたつもりがやっぱりどこかぎこちないのが自分でもわかった。

「でね、その人と友達になったんだ。一緒にお茶飲んで、また会おうって言って別れた。奢《おご》ってもらっちゃった」

「お金取られなかった？　宗教とかに誘われなかった？」

「ううん別に。すごく面白い人だった。ねえここ結構狭いね」

タカシはバックパックを下ろし部屋の中をうろうろと歩き、手触りをたしかめるように四方の壁に触れてまわる。本棚の前で立ち止まり、本のタイトルをざっと指でなぞった。

「お母さんに聞いたでしょ？　夏休みの間お世話になります」

振り向いて人なつっこく笑いかけたタカシの顔が、ようやく私の見慣れていた弟の表情になっていたので安心して、つい訊いてしまった。

「UFOが来るの？」

UFOと口に出すのはずいぶん久し振りだった。口に出してみるとそれは長い間封じられていた暗号にも思えた。タカシは振り向いた顔つきを少しだけ変え、その表情の奥底まで私が読み取る前に彼は本棚に目を戻した。

「うん、来るらしいけど、八月ぐらいにね」

そして一呼吸おき、言葉を舌の先に転がすようにていねいに「おねえちゃん、そういうのまだ信じてるの？」とつけ加えた。

「わあかっこいいTVだなあ。うちのなんかさ、まだあれだよ、小学生のときお父さんが買ってきたチャンネルぱちぱちってまわすやつ。おねえちゃんのほうが金持ちみたいだな、これじゃあ」

一通り部屋の内部に触れ終わるとタカシはTVの前に坐《すわ》りこみ、リモコンでチャンネルをせわしなく変え続ける。ふいに手を止め、じっと画面と向き合って口を閉ざした。

「ねえUFOが来るから来たの？」

「違うよ」

タカシは背中を向けたまま即答する。

「じゃあ夏期講習なの？」

「まあね」

「ふうん。ねえ何飲む？　コーヒーと紅茶と、烏龍茶《ウーロン》と、どれがいい？」

「あ、ぼくのことだったら気にしないで」

それきりTVと向かい合ったタカシの背中は動かなくなった。一人分のコーヒーをいれて、動かないその背中を頭、髪型、肩幅、と順々に点検していった。一瞬他人に見えた彼の顔の中に見知った幼い弟の表情が現われたとき、安堵《あんど》とともにもっともっと何かを話したいという気持ちが胸の中でぷつぷつとあふれだしてきたのだが、実際何を話したいのか想像することもできない。コーヒーの湯気に顔をあてながら、最後に会った二年前のお正月を思い浮かべた。父と母が親戚まわりに出かけたあと、食卓で顔を合わせたタカシは「大学はどう」とも「一人暮らしは楽しい？」とも訊かず、たしかおみくじか何かの話をし始めたように思う。お正月の神社は、大凶をまったく入れないか数を減らすのだ、だから大凶を引いたらものすごい確率でかえって幸せなんじゃないか、とかそんな話。私が身を乗り出してうんうんと真面目《まじめ》に聞いていると、一通りしゃべり終えてふっと部屋に戻っていった。重箱に入ったおせちしかない台所と、毎日母が掃除しているらしい髪の毛の一本も落ちていない静かな部屋と、部屋に閉じこもってなかなか出てこない弟に飽きて、結局私は一泊しただけで下宿先へ帰ってきたのだった。

　きっと滅多に会わなくなった私が「タカシ」と思うとき、そこにいるのは瓶の中に閉じこめられたような「ねえこれ知ってる？」と顔を輝かせて本を広げる幼いタカシだ。今ここにいてどう見てもくだらないバラエティ番組を夢中になって見入っているのは、たとえその顔の中に見慣れた幼い表情が現われていたとしても、あのタカシとは別の人格を持った十八の男の子なのだ。「まだUFOなんか信じているの？」とこの私に訊くような。そう自分に言い聞かせてコーヒーを飲み干した。

　アルバイトを終えて表に出ると、サダカくんが待っていた。彼の車でファミリーレストランに行き、向かい合って坐った。サダカくんは和風ハンバーグセットを頼み、食後のコーヒーを紅茶に替えてもらっている。私はタカシと食べようとアルバイト先で残り物をもらってきたのでコーヒーだけ頼んだ。ウェイトレスが機械人形のように頭を下げて去っていくと、彼はテーブルの上で手を組んで私に和やかな微笑《ほほえ》みを投げる。

「どうだった、今日のバイトは」

「いつもと同じ」

煙草に火をつけて思いきり吸いこんだ。まだこちらを見て微笑んでいるサダカくんの顔と、洗いたてみたいなボタンダウンのシャツが吐き出す煙でぼやける。今度はきみが訊く番だよと私を促しているらしく、サダカくんは手を組んで微笑んだまま魔法をかけられたように動かない。

「今日は何してたの」

「うん、今日はね」サダカくんはようやく視線をはずし組んだ手をほどく。「ナナコにキャンセルされて暇になったから、部屋の掃除をしたんだよね。そしたら、和英辞典の間から一万円札が出てきてね、えーとそれから、そうそうレポートでもやろうかと思って、学校に行ったんだよね、そしたらコープの前で坂本と会ってさ」

サダカくんは神父さんの前で一週間の懺悔《ざんげ》をする善良な農夫のように事細かく説明し始める。夏休みが始まったばかりだからか、店内にはパーマ液の匂いがたちこめそうなほどけばけばしい女の子がたくさんいた。

「一万円、何に使ったの？」

「CDでも買おうと思ったんだけど、また隠しておいた。今度は広辞苑の間にね」

セットのスープと私のコーヒーが一緒に運ばれてくる。袋に入れてもらった残り物は膝《ひざ》の上でまだ温かく、それを人差し指でなぞりながら店内の時計を捜した。

　サダカくんに会うと私はいつも、足を踏み入れることを禁止しているような美しいブティックの棚におさまった、一枚の高級シャツを思い浮かべる。並んだアイテムの色と壁の色と床の色と店員の衣裳がすべてコーディネイトされていて、全体で一つの芸術作品のような場所に、ひっそりと置かれた新品のシャツ。一センチの歪みもなくきちんとたたまれて、棚の上で静かな呼吸を繰り返している。手に取って眺めたら最後、もう二度と同じようにはたためなくて、不格好に棚に戻して場所を移ると店員がさっと寄ってきてたたみなおし、さっきと寸分たがわずに配置する。サダカくんがハンバーグをていねいに切り分けて口に運ぶのを眺めて私はそんなことを繰り返し考えていた。

　三十分でサダカくんは食事を終え、紅茶に砂糖を一つ入れる。七のナンバーが書きこまれている煙草を出して火をつけ、まだ燃え始めていないのに私の吸い殻で満杯になった灰皿に灰を落とす手振りをする。

「今日はあと三本吸えるんだね」

「うん」

彼は満足そうに言ってカップに口をつける。サダカくんは、レストランでも喫茶店でも一時間半がたたないと決して席を立とうとしなくて、私は店内の時計を見上げ、まだ一時間余っていることを確認する。膝の上のビニール袋は熱を逃がして湿り始めている。おなかが鳴りそうになり、私は慌ててビニール袋をこすって音を消す。

「弟さんって、どんな人？　きみに似てるのかな」

「普通の高校三年生だけど、色が白いからへなっとして見えるの」

「へえ。会ってみたいな」

「これから来る？」

と言ってしまったのは早く帰りたかったからなのだが、サダカくんは目を見開いて、

「え、いいの？　こんな時間に？」

と言う。

「うちは構わないよ。そうだ、タカシに勉強でも教えてやってよ、あの子受験すると思うんだけど全然やってないみたいだから。じゃあもう行こうか」

「そうだね、一応挨拶でもしておくかな」

サダカくんは勘定書きを持って先に歩いていく。駐車場で彼が下りてくるのを待った。

帰ると部屋の中が変わっていた。TVの置かれた一角は本棚とハンガーラックで器用に囲われていて、部屋の中に小さな部屋がある状態になっている。その囲いの中からかすかな音声と一緒に青や黄色の光があふれだし、タカシがその囲いに入ってTVをつけっ放しにしていることがわかる。玄関先でおずおずと中をうかがっているサダカくんを部屋に通し、

「ねえ晩ごはん食べた？　バイト先の残り物だけど、一緒に食べない？」

目の前に並んだ本の背表紙に向かって声をかけた。タカシはのそのそとそこから出てきて、私の後ろに立っている男を見つけて立ち止まる。

「この人ね、サダカくん、学校の友達。あんたに会いたいって言うから連れてきた。サダカくんは日本史とか得意だったらしいから、教わったら。理数もばっちりだよね」

床の上に冷めきったピザやパックに詰めたスパゲティを並べた。

「初めまして、サダカです。おねえさんにはいつもお世話になってて」

タカシはうつむいたまま口の中で「どうも」と言っている。私とタカシは床に坐って食事を始めた。サダカくんは少し離れて私たちをじっと見ている。囲いの中でカラフルな画像を放出し続けるTVが本棚とハンガーラックを絶え間なく染め続ける。電気をつけないでいるからなおのこと飛び出してくる色は鮮やかに見え、その光は囲いに背を向けたタカシの横顔まで這《は》い上がり顔の凹凸をくっきり浮かび上がらせる。タカシは顔を上げず一点を見つめたまま顎《あご》を動かす。

「ねえ、どうして電気つけないの？」

サダカくんの妙に明るい声が部屋に響き渡り、ああごめん、とピザを頬張りながらスイッチを入れた。部屋の内部がすべて見えて安心したのか、サダカくんはタカシに向かって朗《ほが》らかに話し始める。

「理数はばっちりってほどでもないんだ、でもセンター試験はとりあえず受けたから、そこそこわかる程度でね。大学はどこ志望なの？　文系、理系？　あ、もしかして予備校通いに来たの？　ぼくも来たなあ、高三の夏。駿台《すんだい》だったんだけど、名物教師がいてさ、知ってる？　もしまだ通う予備校決めてなかったらアドバイスするよ。これでもぼくは予備校にはちょっとうるさいんだな。あ、浪人はしてないけどね、ちなみに」

　タカシは顔を上げないばかりか一点を見つめた目を瞬《また》きもせずにいる。タカシがこんな態度をとることを予想に入れていなかった私は戸惑い、何を言ったらいいのかわからないのでただひたすら食べ続けた。ものを噛《か》む音と飲みこむ音だけがしばらく続いた。

「じゃ、もう遅いし、帰ろうかな。夜分遅くに失礼しました。相談ごとがあったら遠慮なく電話してね」

　突然発せられたサダカくんの雲一つない晴天のような声は、無言の私とタカシをかすかに飛び上がらせた。

　彼がいなくなるとタカシは何事もなかったように顔を上げ、

「この囲い、勝手に作ってごめんね。でも部屋って、ここととキッチンしかないじゃない。もうさ、年ごろの男と女なんだからさ、ああいうふうにぼくの場所作っておいたほうがいいかなって思って。ほらお互い着替えるときとか」

　チーズのかすを頬につけたまま蛍光灯をぱちんと消した。

　残りものの食事を終えてからタカシの作った囲いに入り、並んでTVを眺めた。押し入れから出した布団が一セットに、バックパックと灰皿と漫画が並べられ、試着室のような囲いの中はすでに部屋らしく整えられていた。膝を丸めてTVに見入っているタカシの隣で、こんなに近くに坐り合うのはあのころ以来だと、閉じこもった押し入れの狭さと暗さを思い出し、何か秘密を打ち明けなければならないようにわくわくしていた。番組が終わるのを待って私はそっと声を出してみた。

「さっきの人、恋人じゃないんだけど、でも今わりと仲がいいんだ、学校では」

「そう」タカシは興味なげに返事をする。

「受験するつもりなら、いろいろ訊いたら？　私よりも彼は役にたつと思うな。家庭教師もやってるらしいし」

ぽつりぽつりと言葉を吐き出していくと永遠にしゃべれそうな気がした。

「あのね、サダカくんといて一番いいのはね、世の中には明日とあさってがきちんと用意されていて、私が何をしても、たとえば大失敗とかやらかしても、それがずっと裏切らずに繰り返し、定期的にやってくるように思えてきて、何だか安心するんだよね。そういうふうに思うこと、ない？」

「まあわかるような気もするけど」

タカシは低い小さい声で言う。私は彼の横顔をじっと見つめ、彼に話を振った。

「ねえ本当は夏期講習じゃないんでしょ」

タカシもあの押し入れを思い出していたのかはわからないが、首を傾けてじっと私を見た。タカシが送ってくるのは私を試すような、あるいは調べるような視線だった。しばらくそうしていたが顔をＴＶに戻し、

「うん、実はね」

といやに素直に答えた。

「じゃあ何なの」

「彼女がこっちにいるんだ」

つぶやくようにタカシは言った。

一緒に暮らしているころのタカシには彼女などもちろんいなかったしそんな話もいっさいしなかったので、私にしてみればタカシに女の子というのは着物にポンチョをはおるくらい不自然な取り合わせに思え、

「ねえ彼女って宇宙人？」

思わずそう訊いてしまった。それは半分冗談でもあるのだが、宇宙人だったりおっ

ぱいが六つあったりする彼女だと言われるほうがまだ信じられる気がした。タカシは笑わずに、違うよ、と答えた。

「違うよ、転校していったんだよね、こっちに」と続け、更に「会いたいって手紙何度ももらってさ、困っちゃうよね」

と上目遣《うわめづか》いに私を見上げ、そういう人がよく見せる、全然困っていない笑い方をした。このイロオトコ、とか、憎いよコノ、とか、多少古典的にせよ言ってあげられればよかったのだが、やっぱりタカシがそういう状況下に置かれていることは信じ難く、

「ああそうだったんだ」

としか言えなかった。

「お母さんに言わないでよ、うるさいからあの人」

「うん」

TVの画面では素っ裸に近い女の子たちが声を張りあげながらクイズに答えていた。笑い声はだんだんエスカレートして金切り声に近くなっていくが、どうして笑っているのか見そびれた私にただその声は頭の芯を引っ掻《か》くように響く。女の子たちの

感極まった笑い声に誘われるようにタカシはふっと低い笑い声を漏《も》らしている。

「彼女って、どんな子？」

　番組が終わるころになって私はようやくそう言えた。タカシはものすごくうれしそうにTVから顔をはずし、

「いい子だよ、すごく。会ったときはショートヘアだったんだけど、ぼくが髪の長い子が好きだって何気なく言ったら伸ばし始めてさ、今じゃ腰くらいまであるんじゃないかなあ。一つ年下なんだけどね、ぼくなんかよりずっと大人っぽくて、何ていうか、不思議な力を持ってるような気がするんだよなあ」

　私の瞳の奥に大切なおもちゃを見つけた幼稚園児のような表情を浮かべて話し始めた。タカシはあれほど夢中だったUFOをもう信じていないのか、それとも私を前にしても言ってはいけないことだと思っているのか、どっちみちUFOも宇宙人も生身の女の子にはかなわないんだろうな、などと考えながら彼の話に相槌《あいづち》をうった。そのうち番組がすべて終わって画面が灰色になるまでタカシは話し続けていた。どんなに詳しく訊いてもやっぱりタカシの「彼女」を想像することは難しかったが、髪の長いぼんやりした輪郭の女の子がその狭い場所で、色を失った画面に一緒に白く照らされ

てふわふわと漂っているようだった。カーテンの合わせ目から薄く陽が差しこむころ、私はベッドで、タカシは囲いの中で眠った。

タカシと私の暮らす時間帯は全然かみ合わず、昼間彼はどこへ行くのかふらりと出かけていき、彼の帰りより早く私のアルバイトの時間が来た。アルバイトから帰ってくるとタカシは自分の場所に入って何かしている。たまにラップをかけた夕食がキッチンに置いてあった。我が家では母親が台所の主権をいっさい握っていて、男の子のタカシはおろか私でさえ容易に入れてもらえなかったから、タカシがどこで料理を覚えたのか不思議だったが、バイト先でときどき賄われる油っこいイタリア料理とコンビニエンスストアの弁当に飽きた私にはありがたかった。アルバイトの前にサダカくんに会う日はきちんと五日ごとにやってきて、私たちはレストランや喫茶店で向かい合って会わない四日間の報告をしあったが、サダカくんはもう弟に会いたいとは言わなかった。

十二時近くアルバイトから帰ってきて自分の部屋を見上げると、電気はついていないが小さな稲妻のように青白い光が浮かんでいる。それでタカシが帰ってきていることを了解する。電気をつけない暗い部屋が好きなのは私もタカシも幼いころから変わっていない。電気がわりにTVを流し、あとは障子《しょうじ》から差しこむ月明りとステレオセットの橙色の明りだけの部屋の中で、私とタカシは漫画を読んだり宿題をしたりした。そうすると必ず母親が「目が悪くなる」とものすごい形相《ぎょうそう》で入ってきて、白熱灯をぱちぱちとつけた。私とタカシは急に太陽の下に引きずり出されたもぐらのようにそそくさとその場所を出て自分の部屋へ戻った。だから夜遅く帰ってきて、見上げた自分の部屋が暗い、ということと、それでもなおかつそこに人がいる、ということは私をひどく安心させる。

鍋にはわかめの味噌汁が、キッチンには粉《こ》ふき芋《いも》を添えた鮭のムニエルが置いてあった。本棚にそっと近寄って囲いに首を伸ばすと、TVの前のタカシは耳に大きなヘッドホンをあて背中を丸め、写真雑誌のようなものを切り取っている。ご飯ありがとう、と声をかけても聞こえないふうなので、一人床に坐っていただきますと頭を下げた。

巨大なねずみが家の中を占領し部屋中のものを床に落として歩く。そんな夢を見て目を覚ますと、巨大ねずみのたてていた物音はタカシが台所を使っている音だった。

タオルケットで額《ひたい》の汗を拭《ぬぐ》い、キッチンで動きまわっているタカシを観察した。丸めた背中はなだらかな曲線を描き、その下から長い手が伸びてまな板を洗ったりガスを止めたり水道の蛇口をまわしている。ジーンズから出たひらべったい素足は右へ左へとキッチンマットの上で横歩きを繰り返す。細くて白いタカシの指が卵の殻をしゃりしゃりとむき、手の甲に筋を浮き上がらせて缶切りを握りしめ、油で手を光らせててらてらと光るチキンを裂いていくその様子は、まるで一つなぎの舞踏にも見え、彼の動きに合わせて一筋の音楽が流れているようだった。彼はふと動きを止め、ピンク色の舌を出して油で汚れた指をゆっくりとなめている。

「ごちそうだね」

声をかけるとタカシはびっくりした顔で振り向く。

「何作ってるの？」

「サンドイッチ。外で食べようと思って」

「一人で？」

「一緒に行く？」

「うん」

思いきり立ち上がり洗面所へかけこみ、歯茎《はぐき》から血が出るような勢いで歯を磨いた。

近所の公園の芝生で私たちは寝そべって空を見上げた。汗をふきとらなければならないほど暑くはなく、少し湿った芝生は陽を吸いこんで、一面ビーズをばらまいたように輝いている。タカシは上半身を起こし、何かを捜すように細かく首をまわし続けている。目の前でせわしなく動く短く刈り上げた髪と、青い血管の浮き上がった首筋を見るともなく眺めていたが、ふと、タカシは彼女を待っているんじゃないかと思いついた。

「だれか待ってるの」

「ううん、別に」

お尻のぷっくりふくれた子供の手を引く母親や、スカート丈の異様に短い女の子たちや、サンドイッチのおこぼれをもらおうと貪欲《どんよく》な視線を向けて集まってくる鳩の向こうから、いやに派手な格好をした男が現われ、彼に向かってタカシは思いきり手を振り始める。

「あの人ね、この前話した人だよ。ほら電車の中で会ってお茶奢ってくれた人」

その男が私たちのところまで来る間にタカシは私の耳元でささやいた。男の身にまとっている極彩色のシャツや首に食いこみそうな量のアクセサリーや、

「ちゃーす」

と言う軽々しい挨拶はタカシとは不釣り合いで、どうしてこの二人が電車の中で友達になったのかよくわからなかった。タカシは私が彼に対して抱いたかすかな反感などはちっとも持っていないか、あるいは憧れでも抱いている様子でうれしそうに彼を見上げ、

「よかった、会えないかと思ったよ」

とけなげな女みたいなことを言い、これが姉のナナコです、こちらは友達の恭一さん、と得意げに紹介する。

「なんだ、だれも待ってないなんて言って、やっぱり待ってたんじゃない」

意地悪をこめてタカシに言ったが、彼は私を平然と無視して恭一にサンドイッチをすすめている。サンドイッチに伸ばした指輪だらけの手が、チーズを取るか卵を取るかそれともチキンを取るかじっと見ていると、はしっこのパセリを取って口に運ぶ。恭一はそれをチューインガムでも噛むみたいに、音もたてず長い間噛み続けた。

「さっきそこでガキが花火やっててさ、少し恵んでくれたんだけど、おねえさんいる？　これ」

　恭一は床屋の看板に似た色の花火を二本、私の目の前に突き出す。

「いらない。昼間にやってもつまらないもの」

「じゃあもらっちゃうよ」

　ライターで火をつけ、突然飛び出す大量の煙と白っぽい光を恭一は面白くなさそうにくるくるまわし、その横でタカシが散歩に連れていってもらう直前の犬のような表情で見守っている。大きく見開いたタカシの二つの目の中に、小さな光が並んで浮かんでいた。まわりを取り囲んでいた鳩が煙に驚いていっせいに飛びたち、私たちの頭の上で群れて大きく円を描く。

「どう、彼女と、ちゃんと会えた？」

　恭一が思い出したようにタカシに訊いた。

「うん。ちゃんと会えたよ」

「あんた毎日出かけてるけど、彼女に会いに行ってるの？」

「毎日会ってるわけじゃないよ。ときどきだよ。ほかの用事で出かけてるときもあるよ」

タカシはうつむいて顔を赤らめ、サンドイッチをいじっている。

「彼女が会いたいって言ってさ、はるばる会いにくるなんて泣かせる話だよねえ。世の中の高校三年生が必死で勉強してる時期にさ。うまくいってるの？」

恭一はうつむいたタカシを覗《のぞ》きこむ。タカシは恥ずかしそうにしながらも、彼女忙しいらしくてあんまり会えないから、会えたときにいろいろ話したいと思っててもね、実際会うといつも忘れちゃって何も話さずにいたりするんだけどね、それってうまくいってるっていうのかなあ、と、永遠にそのことを話し続けたいように目を輝かせる。何だか鼻白んだが恭一が話題を変えないので、仕方なく私もつきあって「その子何月生まれ？」だの「動物にたとえたら何に似てんの？」だのと訊いてやった。

彼女の話題が終わると恭一とタカシは額を寄せて、何事か深刻に言葉を交わし始める。まるで私に聞かれないように話しているのが気にさわって、

「何話してるの」

と彼等の間に顔を突っこんだ。

「この前おれの友達がね」と話し始めた恭一の袖をタカシが引っ張り、恭一は「彼女

と一発作戦」と言いなおし、歯茎を見せて笑った。

「じゃあもうそろそろバイトに行こうっと」

そう言って立ち上がると二人は一緒に顔を上げ、鏡みたいに並んで手を振った。

帰ってきて部屋の鍵を開けると、タカシの囲いの中からいつものようにTVの光ともそもそ低い声が漏れてくる。キッチンには脂《あぶら》の白く固まり始めた生姜《しょうが》焼きがあった。ラップの上から冷えた豚肉をなぞり耳を澄ませた。低い声は耳鳴りみたいに続き、囲いの向こうにいるのは一人にも三人にもまた五人以上のようにも思えた。

「ただいま」

声を張りあげる。本棚の向こうから現われた首は三つだった。タカシと恭一と、あともう一人知らない男が混じっていた。

「じゃあ帰るね」

恭一が囲いから出てきて、知らない男もあとに続く。その男も恭一と似たり寄ったりの服装で、長い髪を後ろで縛っている。

「じゃあまたね、おねえさん」

以前からの知り合いのように声を揃えて言い、帰っていった。夕食に箸《はし》をつけると

タカシが囲いから顔を出し、

「あの人ね、集中すればUFOとか呼べるんだって」

とうれしそうに言う。

「このへんにはたくさんいるから、そういう、穏やかに狂ってるような人」

そう言ってしまったことに深い意味はなく、冗談のつもりもあったのだが、この部屋に恭一が来てあの友達が来て、そうしていつか派手な格好の不健康そうな男たちがわらわらとやってきたら嫌だなととっさに思ったので、刺《とげ》のある言い方になった。囲いから首だけ出した格好のタカシはそれを聞いた瞬間にとてもわかりやすく表情を変え、言うんじゃなかったとすぐ後悔した。その顔つきは母親が病院へ行こうと言い出したときのことを思い出させた。

「そういうのまだ信じてるのかって、私に訊いたのはあんたじゃない」

取り繕《つくろ》うように言ったが彼は囲いの中に首をひっこめた。

「明日はデートの約束はあるの？」

話題をこっちに持っていけば機嫌もなおるだろうというもくろみははずれ、まあね、と無表情な声が返ってきた。

「でも想像できないなあ、あんたが女の子連れて歩いてるところなんて」

そう言うと、

「いいよ、想像してくれなくたって」

と囲いの中から無愛想に答えた。

箸を動かしながら、母親がタカシの本を燃やした日のことを思い出していた。母親は病院に行かなくてもいいからあのおかしな本をすべて捨ててくれと言い、夕食のあと暗い庭に下りて彼のためこんでいた本を燃やした。父親はプロ野球ニュースを見ながらビールを飲んでいて、私とタカシは縁側に立って宇宙人やいろんな形のＵＦＯや宇宙人に殺された牛が色濃い炎に包まれていくのを黙って眺めていた。燃やされていくのはただのうさん臭い写真を集めた本だったのだが、私はタカシの隣で、あの興奮に満ちた押し入れが音をたてて崩れていくように感じていた。幼いころから私とタカシが共有していたその場所は完全に取り払われ、たとえ母親の目の届かないところにいたとしても、その場所に触れることは固く禁止された。

汚れた食器を洗い、何か飲もうと冷蔵庫を開けた。柔らかい橙色に包まれた棚は、かつてこの冷蔵庫がこんなにものを収容したことがあっただろうかと考えてしまうくらい様々なものが詰めこまれていた。緑や赤や白の野菜。それに負けないくらい色鮮やかな果物類。青光りする魚の背。パックに白い脂肪を押しつけたピンク色の肉の塊《かたまり》。おもちゃのようなパッケージのゼリー、ヨーグルト。ジュースのパックを手に取るのも忘れ、真新しいコンビニエンスストアみたいな内部をしばらく眺めまわした。ヨーグルトの奥にドレッシングと焼き肉のたれがあり、その間に何のラベルもついていない半透明の小瓶が置いてある。瓶の底には一センチほど白い液体が入っていた。それは子供のころ飲んだ甘いシロップ味の薬に似ていて、いったい何が詰まっているのだろうと手を伸ばした。

「ちょっとどいて。それにおねえちゃん、そんなに開けっ放しじゃ中のものが悪くなっちゃう」

後ろからぴしゃりと言われ慌てて冷蔵庫を閉めた。タカシは私をよけて冷蔵庫を開け、紙パックを出してコップにオレンジ色の液体を注ぎこむ。これを飲むタカシの首はまっすぐ伸び、真ん中に出っ張った丸い骨がひくひくとせわしなく上下している。紙パックを元に戻し、中をチェックするようにぐるりと見まわしてからゆっくりと戸を閉じて、自分の場所に戻っていく。目の前でぴったり閉ざされたゴムのマグネットが冷蔵庫を開けることを私に禁じているように思えて、口を閉ざした白い箱をぽかんと眺めていた。冷蔵庫からあふれだしてきた冷気で足元がひんやりと涼しかった。

さっきまで食器を洗っていたタカシが、本屋に行って戻ってくるともういなくなっている。食器はすべて洗いかごにおさまり、表面に細かい水滴を滑らせている。流し台にお皿が一枚載っていて、クッキーがきれいに並べられていた。お皿の下に「ゆうべ作った残り、あげる」と走り書きしたメモがあった。ラップをめくって鼻を近づけると甘いバニラの匂いがした。床に坐ってぱりんと齧《かじ》る。粘つくような甘い匂いが濃度を増して口の中一杯に広がった。忙しいらしい彼女の予定に合わせ、こんなものをいそいそと作って会いにいったんだろうか。二枚目を噛み砕きながら転校していった「彼女」がどんな女の子なのか想像してみる。会いたいのならば自分が会いにくればいいものを、タカシをこっちに呼び、呼んだくせに忙しいと言ってなかなか会わず、クッキーを持ってこさせる女。腰まで伸びた髪以外、具体的な彼女の姿は思い浮かばなかったが、ただ漠然と「高慢ちきな性格の悪い女子高生」のような気がした。きっとタカシは自己主張もせず彼女のご機嫌を壊さないように振る舞い、言いなりになっているのだろう。予定を合わせてクッキーを焼くなんて、色気づいた中学生女子のするようなことをして、情けないったらない。考えていたらどんどん腹立たしくなってきて、お皿の上のクッキーをものすごい勢いでばりばりと食べ尽くしてしまった。いらいらしていたせいか、まとわりつくようなクッキーの甘さのせいか、気分が悪くなってきて、横になろうとするが床に散らばったボールペンや灰皿やドライヤーが邪魔し、結局いらいらを追放するために掃除をすることにした。

窓を開け放ち散乱したものをあるべき場所におさめ、飛び散った灰や埃で汚れた床を雑巾《ぞうきん》で拭く。ある程度片付いたところでタカシの場所を覗いてみた。菱形に区切られたそこも同じように散らかっていて、このだらしなさは二人とも父親に似たんだろうなどと思いながらそこに足を踏み入れた。窓のない囲いの中はぼんやりと薄暗く、タカシの匂いがかすかにした。雀《すずめ》にばらまいた米粒みたいに落ちている紙屑《かみくず》を拾い集め、汚れたTシャツを洗濯かごに入れ、カセットテープやスクラップブックや大学ノートを隅に積み上げる。ようやく床が床の色をして現われて、雑巾を持つ手に力をこめて拭いた。汗がぽたぽたと流れて拭いたばかりの床を濡《ぬ》らす。Tシャツで流れ落ちる汗を拭い、TVの上にビデオテープ一本とガラスの瓶が置いてあるのに気がついた。透明のガラス瓶に詰まっているのはどうやらジャムで、細かい果肉をちりばめた黄色と濁った白がマーブル模様になっている。ヘドロの浮いた川に泳ぐ鮮やかな熱帯魚を連想してしまうぐらい、薄暗い囲いの中でそのジャムは場違いに美しく見えた。瓶に何のラベルもついていないところからするとそれは手作りに違いなく、クッキーだけでなくジャムまで作るのかと半ば呆《あき》れる。そんなことは色気づいた中学生の女の子だってやらないだろう。いやもしかしたらこれは彼女からのプレゼントで、手作りジャムのお返しがクッキーなのではないかと思い返し、今の高校生にはそんな菓子作り名人戦みたいなおつきあいがはやっているのかもしれないと何となく納得して、瓶の横にあるビデオテープをデッキに入れて再生した。テープは若いタレントのライブだった。ミニスカートから伸びた彼女の脚《あし》は作り物みたいにきれいで、プラスチックの棒を思わせた。さっき食べたクッキーみたいに甘ったるい歌声を聞きながら床を拭き続けた。

囲いの中でTVを見ながら出かける支度をしていると、タカシから電話があった。これから恭一と遊ぶから今日は帰らないと事務的な口調で言う。

「彼女には会えたの」

クッキーは食べてもらえたの、と心の中でつけたした。

「会えたよ、さっき駅で別れた」

早口で答え、じゃあね、と電話を切ろうとする。もっと話していたかったので思わず「待って」と言ったが、話すこともなく、

「何かのときのために恭一の電話番号を教えといて」

思いついたことを口にした。

「何かのときって何？」

タカシは笑ったのか声を緩ませてそう言い、受話器を押さえて向こうで何か言葉を交わし、ゆっくりと番号を告げた。

どこかの国でいざこざが起こり、負傷して破れた衣服を血で染めて、苦しそうにうめく人々が次々に画面に映り消えていく。打ち上げ花火のようにミサイルが夜空に飛び交い、レポーターが真剣な顔でマイクを握りしめて何事か叫び、がらりと変わって透き通った青空をバックにからすの大群が登場する。どこか遠くの光景を絶え間なく見せる四角い箱の上で、とろりと甘そうなジャムの詰まった瓶が王冠のように光を集めている。

狭い更衣室で着替え、バイト仲間に手を振って薄暗いビルを出た。地下鉄乗り場の公衆電話からサダカくんに電話をかけた。これから遊びにいってもいいか、と尋ねると少し間を置いてから「いいよ」と答えが返ってきた。冷房のきかない電車に乗って、濁った熱につぶされそうになりながら、五日間隔のルールを初めて破ったことに気がついた。

サダカくんは十日かけてやった掃除を今しがた終えたように整った部屋に私を通した。麦茶を差し出し、

「どうしたの、今日は」

と穏やかに訊いて、白いテーブルの上で手を組んで微笑んでいる。実はさっきアパートが火事になったとか、妊娠しちゃったのとか、何でもいいからサダカくんの表情を変えるようなことを言いたい衝動を抑えて、

「どうもしないんだけど」

結局そう言った。

「珍しいよね、ここに来るの。四回目かな？　前来たときはあれだよね、六月ごろ、ほらみんなで飲んだあと、あ、違ったかな」

「部屋の中が前来たときと全然変わってないから、ついこの間来たような気がするけど」

「一回模様替えしたことあるんだけど、そしたら何がどこにあるかわからなくなっちゃったんだよね。それ以来そういうことしないようにしてるの」

サダカくんはそう言って非常に面白そうに笑う。小皿に出されたスナックを食べながら、サダカくんのルールブックの原点のような部屋を遠慮なく眺めまわした。それぞれがそれぞれの居場所を決められて、客用コーヒーカップも本棚に並んだ本も古いテニスラケットも番人のように何かを守っている。それぞれは何百年も前からそうしているようで、私は見たことのない「無菌室」というものを想像する。見たことはないがそこはきっとこの部屋のように静かで清潔な場所に違いなく、坐って息をひそめると、埃と煙草の灰にまみれて暮らしている私からも菌がはぎ取られていく気がする。

いつだったか、サダカくんが眠っている隙《すき》に本棚の順序をめちゃくちゃにしてみたことがある。翌朝耳元がごろごろいうので目を覚ますと、サダカくんは額に筋を浮き上がらせて部屋じゅうにコロコロクリーナーを走らせていて、目覚めた私に気づいてコーヒーをいれてくれたのだが、それをすすりながらこっそり本棚を見ると全部元通りになっていたのでコーヒーを吹き出しそうになった。

「サダカくん、高校生のとき好きな子っていた？」

そう訊くとサダカくんは目を丸くして「どうして？」と言うので、彼女に呼ばれてわざわざこっちに出てきて、クッキーを焼いて持っていった弟の話をした。サダカくんはうんうんと注意深く聞いていた。

「あのころって、ほら、一途《いちず》だからなあ。好きになるなり方が、すごく純粋っていうか、ほかに方法を知らないんだよね。それがある場合はクッキーを焼くことだったり、放課後ずっと門の前で待つことだったりするんだよ」

サダカくんは八のナンバーつきの煙草を抜き取って口に運ぶ。いったいいつ鍛え上げたのか、彼の口調は素晴らしい説得力を持っていて、私はいつまでもその声を聞いていたくなる。

「じゃあ受験を控えた健康な男の子がバニラエッセンスまで入れて、しかもココアパウダーで格子《こうし》模様のクッキーを焼くのは全然普通の、よくあることなのね？」

サダカくんは八、の煙草を揉《も》み消して九のナンバーつきを口に持っていき、

「それが彼の愛情表現だと思うんだな。彼は彼なりに、彼女に対してすごく何かしたくて焦《あせ》ってるところもあると思うんだな。それがクッキーを焼くという形で出ただけであって……、彼女のほうも、忙しいんだけれどとにかく会いたいと手紙を書いてしまう。それはやっぱり愛情表現なわけで、まあ年を重ねてみればすごく稚拙《ちせつ》なやり方に思えてもあのころは目の前のことしかわからないものだからなあ」

サダカくんの口にする「彼」はタカシではなく、たとえばどこかの部室にぎゅうぎゅうづめに詰めこまれた見ず知らずの男たちの得体の知れない匂いみたいに思えるのだが、その話しぶりに耳を傾けていると、だんだんだれも間違ったことをしていないんだという気になってくる。格子縞《じま》のクッキーも腰を折り曲げてそれをこしらえるタカシも、受け取る彼女もだれも何も間違ってはいなくて、だれかがいけないとするなら手作りクッキーごときで怒りを感じた私なのだ。女々《めめ》しい弟に対する怒りも呆れた感情もいつしか溶けて、電池で動くぬいぐるみみたいに口を動かすサダカくんの声をうっとりと聞いていた。気がつくとその声はタカシのことではなく、バイクで北海道をまわっている共通の友達の話に変わっていた。

サダカくんは十二時半になると話をやめ、洗面所に消えて歯を磨き始めた。私のためにベッドの下に布団を敷いてくれ、ベッドサイドの目覚し時計を八時半に合わせて電気を消す。闇の中で緑色に光る目覚し時計の数字を一つ一つ眺めた。この針がぐるぐるとまわって八と九の真ん中を指せば、明日は間違いなくやってくるんだと思い目を閉じた。

ドアの前に立つと、まな板の上で何かをリズミカルに刻む音や、ガラスとガラスの慌ただしくぶつかり合う音が私の部屋からはみ出てくる。玄関まで侵食するようにスーパーのビニール袋が幾つも転がっていて、背を丸めて料理をしているタカシが「おかえり」とにこやかに振り向く。

「今度は何なの、またピクニック？」

タカシは換気扇をまわしガスに火をつけ、

「今日の夕方彼女がここに遊びにくるって言うからさ、もちろん泊まっていったりしないから大丈夫だよ、多分おねえちゃんがアルバイトから帰ってくるころには帰ってると思うから。だからちょっとごちそうしてあげようかと思ってね、そのへんのレストランで食事するよりいいだろ。そういうところあんまりよく知らないし」

とせりふを棒読みするみたいに言う。

「あんた女の子みたいだね」

床に寝そべって買ってきた雑誌を広げた。聞こえなかったのかタカシは熱心に鍋を掻きまわしている。

キッチンに下拵《したごしら》えしたものがあるけど、絶対このままにしておいてね、冷蔵庫の中もいじらないでね、おねえちゃんの朝ごはんは床の上に置いておくからね、じゃあ行ってきます、心なしかはしゃいだタカシの声が遠くで聞こえる。そのいちいちに、ふん、とか、へえ、とかいい加減な返事をした。

鍵をまわす音が聞こえ足音が遠ざかり、部屋が静まり返ってからキッチンに偵察に行った。流し台にも冷蔵庫の中にもラップをかぶせて置いてあるバットや皿を順々に覗く。タカシの手料理を何度も食べているにしては、製造過程のすべてを見たことはなく、いったい何時に始めてどんな手順でバットの中身を作っていったのか不思議だった。バットには一見して献立のわかるものもあれば、何かのソースなのか、茶色くてどろどろのものや赤くてぬらぬらしたものもあり、ラップの上からではそれがいったいどんな料理になるのかわかりかねた。一通り見終わり床の上でもそもそと朝ごはんを食べた。たれに漬けこんである野菜を巻いた肉や、色とりどりのサラダや、とろとろに煮こんだソースに比べると、自分のために用意された食事が家畜の餌《えさ》にも思え、ぶすっとして箸を動かし続けた。

ドアチャイムが鳴り不機嫌なままドアを開けると恭一が立っていた。

「あれ？　一人？　タカシは？」

と言いながらもう靴を脱いで上がってきている。キッチンにずらりと並んだバットを興味深げに眺めまわし、

「パーティかなんかあるの？」

のんきな声で訊く。自分の食事に戻り、

「タカシが彼女をディナーに招待するんだって」

と、ディナーの部分に力をこめて答えた。あ、そう、恭一は私の正面に腰を下ろし、卵の黄身で汚れたベーコンをひょいとつまみあげる。

「ねえあいつの彼女、知ってる？」

上を向いて口にいれたベーコンを、またガムのように音をたてず長いこと噛んでいる。

「会ったことはないけど、何で？」

「ううん、別に」

今度は漬け物に手を伸ばす恭一の顔は、ベーコンと一緒に笑いを飲みこんだように見えた。

「こんな真っ昼間から、あんたうちに何しにきたの？」

「何しにきたって、遊びにきたんじゃん。ねえ冷蔵庫に入ってるビール、飲んでもいいかなあ」

「やめてよ、私がタカシに怒られるんだから。いじらないでって言われてるんだから」

「だってあいつ未成年だろ？　いいよ、おれが来て飲んだって言えばあいつ怒んないよ。ビール飲みながら高校野球見ようぜ」

食器を洗い終えると恭一は囲いに入ってもう飲み始めていて、恭一が持つ水滴だらけの缶ビールはいかにもおいしそうで、結局私も彼の隣でプルタブを開けた。きんと冷えた液体が喉《のど》に流れ落ちている瞬間、部屋じゅうの温度が下がるようで心地よかった。帽子を目深《まぶか》にかぶった球児がバットを振りまわすのを目の前に、恭一は、自分は生まれる前の記憶を全部覚えていると言い出した。

「魂《たましい》のコミューンみたいのがあるんだよ」と恭一は抑えた声で話した。「一つ一つ、独立した町があるんだ。死ぬだろ、魂がそこに行って、自分に合った町に配属させられるわけ。たとえばこっちの世界で一つの町っていったらそれこそいろんな人間が住んでるだろ、真面目なサラリーマンも怠けたサラリーマンも無職も、オタク野郎も金持ちのばばあも正義感のある町内会長もとにかくいろいろさ、だから嫌われたり得意になったりするやつが町内にいるんだけどさ、あっちはそうじゃないわけ。その場所には、似たようなやつばっかりが集まってんの。価値観とか、善悪の基準とかのね。似たやつが集まってるから差別もないしいじめも仲間外れもないわけ。競争もない。優劣もない。争いもないし、無理することもない。だれがよくてだれが悪いってこともない。一つの集まりになった魂たちはさ、そういうことは考えもしないんだけど、ただ早く生まれたくてたまらないわけね。何とかして早く生まれたくて、すげえ地道な努力をするんだよな。おれ覚えてるけどそりゃすさまじい努力なんだぜ。だってだれかに勝つとかじゃないんだからさ、一人でこつこつ努力を重ねてくしかないんだもん。それで認められたやつはね、銀色のスプーンみたいなのですっとすくわれて、暗ーくてあったかーいところに種まくみたいに入れられるの。おれ本当にちゃんと覚えてるんだぜ、生まれたくてたまらなかったことも、そのためにすげえ努力したことも、だから生まれるときなんてあれだよ、母親が苦しんでるのに自分で必死に頭動かして出ていったんだよ。あれは母親が息んで産んだんじゃない、おれが自分で出てったんだ。ねえそれってどういうことかわかる？　おれ覚えてたから、そのことずっと考えて生きてきたんだけど、十七のときにやっとわかったんだよ。生まれたらおれたち、何もしなくていいんだよ。何もしないってことを自分で選べるんだよ。だってあんなに大変な思いしてきたんだから、これ以上大変な目にあわなくても許されてるの。こっちの世界はさ、休暇なんだぜ。休暇取りたいからあんなに早く生まれたかったんだよなあ。それわかってからおれ何もしないことにしたの。だからあんたやおれみたいに、なあんにもしてないやつって正解なんだぜ」

「私、あんたみたいに何もしてないわけじゃないけど」

「じゃあこれから極力何もしないほうがいいよ。タカシにも教えてあげたんだ」

恭一は得意そうに言い、

「たくさんしゃべったら喉渇《かわ》いた」

と冷蔵庫から新しいビールを出してくる。TVにはお揃いのメガホンを持って声援を送る女の子たちが映る。

「それ、何もできない自分を正当化するために作った話なの?」

「違うよ、覚えてるって言ってるじゃん。その光景ずっと覚えてるもん。魂がわさわさいて努力してるとこ」

「どういう努力なのよ」

「いろいろ」

「いろいろ?」

「そういろいろ」

私と恭一は目を合わせ、口に含んだビールを吹き出さないように笑った。高校野球の放送が終わると私たちはそこから出て、ベッドに腰かけ冷蔵庫にあるだけのビールを飲み尽くしてしまった。右へ左へゆっくり移動する扇風機に顔を近づけ、「暑い暑い」と言い合った。恭一はいきなりシャツを脱ぎ捨てて、襲いかかってくるのかと身構えた私の傍《そば》をすりぬけてベッドに横たわり、正しい姿勢で眠り始めた。私も床の上で身体を伸ばし、目を閉じると何か考えるより先に全身を柔らかく押しつぶすような眠気が襲ってきた。

先に目を覚ましたのは私だった。恭一は安らかな顔で眠っている。窓の外には、時間が止まってしまったみたいにさっきと同じ晴れた空が広がっていた。恭一の胸に垂れる色とりどりのアクセサリーを弄《もてあそ》び、床に散乱しているつぶれた空き缶の数を数えた。六本まで数えたとき脱ぎ捨てた恭一のシャツから銀色の包みが飛び出しているのに気がついた。掌《てのひら》の中でそれを揺らし、太陽が反射して部屋の中に丸い形の光が移動するのをぼんやり眺めていたが、そっと開いてみた。中には茶色い紅茶の葉みたいなものが入っていた。それをこぼさないようにもう一度包みなおし、シャツのポケットに戻した。

「あんたって何か悪いことしてる人?」

目を覚ました恭一に訊いた。

「ううん、全然。ああ天気のいい日に寝るって気持ちいいなあ、暑いけど」

「タカシは電車の中であんたに話しかけられたって言ってたけど、どうしてタカシに話しかけたの?」

「知ってたから」

恭一はキッチンの床にしゃがみこんで、オレンジジュースの紙パックに直接口をつける。

「知ってたって、タカシを？」

「うん。さっき話した魂の町で一緒だった。顔形はわからなかったけど、近くに行ったら共鳴したからわかった」

恭一はそう言ってしゃがんだまま私をまっすぐ見た。口元から一筋、オレンジ色の液体がゆっくり顎へ線を描いていた。じゃあ私は？　私もその町で一緒だった？　思わずそう訊きそうになって、その一言を舌の先で転がしてみたが結局言わずに飲みこんだ。

「こういうことばっかり言ってると親やまわりが気味悪がって頭抱えたりするんだけどさ、あんたは信じないにしてもちゃんと聞いてくれるから嘘はつかないよ。タカシに話しかけたのはほかに何の理由もないよ」

彼は顎へと続く細長いオレンジ色の線をゆっくりとなめた。

アルバイトから戻るとタカシもその彼女もおらず、汚れた皿やバットが流しに積み上げられていた。あんなにたくさんあったのだから何か残っていないかと冷蔵庫を開けても、二人できれいにたいらげたらしくすぐ食べられるものは何もない。

囲いの中に入った。TVは暗闇と同化してひっそりと重い灰色の画面をこちらに向け、その前に布団が敷いたままになっている。TVの上にまだガラスの瓶が置いてあるが、中身の色が変わっていた。今度はピンクと白のマーブル模様で、やっぱり見るからに甘そうだった。TVをつけるとあふれる色が敷きっ放しの布団に映る。人工スキー場を映すTVの画面があんまりまぶしいのでシーツに目を落としたとき、枕の傍に長い髪の毛が落ちているのを見つけた。布団に這いつくばるようにしてそれに顔を近づけるが、それは糸屑でも何かの影でもなく、たしかに黒く長い髪の毛だった。真っ赤に焼けた鋏《はさみ》を押しつけられたみたいに耳が熱くなり、急いでTVを消してそこを出た。

タカシと彼女が汚した食器を冷たい水で片っ端から洗った。時計の針はもう終電のない時間を指している。彼女を送ってからまた恭一と遊んでいるのかもしれない。食器をすべて洗い終えてから濡れた手も拭かずこの前メモした恭一の電話番号を押した。八つの番号を水滴が濡らしていく。冷たい受話器を耳に押しつけていると聞こえてきたのは呼出し音ではなく、「この電話番号は現在使われておりません」と告げる機械女の声だった。

その日は久し振りにタカシと二人で朝ごはんを食べた。鳴きしきる蝉《せみ》の声が半分開けた窓ガラスを割る勢いで入りこむ中で、私とタカシは無言で醤油や漬け物の皿をまわした。

「この間、彼女来たんだね。ディナーはうまくできたの？」

何気なく訊いてみたのだが口に出したとたんあの長い髪が思い出されて思わず箸を置いた。

「うん。ばっちりだった。彼女も喜んでくれたよ」

タカシは顔を上げ、口の中のものを飲みこまずに答える。

「TVの上のジャム、もらったの？」

タカシはぴたと箸を止め、黙ったまま首を横に振った。

「あんたが作ったの？　あんたジャムまで作るの？　いつの間に作ってるの？　私がアルバイトに行ってる間にやってるの？」

タカシは答えず、何だかいらいらして質問を続けた。

「もしかして、料理覚えたのも彼女のためなの？　すごいね、そんなに好きなんだ。その子の写真とか持ってないの？　その子ってさあ、ジャムやクッキーもらったり、ごはん作ってもらったりして喜んでるの？　その子はあんたに何かしてくれるの？」

「ねえ」タカシは音をたてて茶碗を床に置き、箸の先を見つめて言う。「どうしてそんなこと訊くの？」

「だって不思議なんだもん。男の子が女の子にお菓子作ったりしてるのなんて、聞いたことないよ。秋になったらセーターでも編むの？　もしかして今ってそういうのがはやってたりするの？　自分の弟が女の子相手にそんなことしてるなんて情けないなあ。何だか片思いしてる暗い女の子みたいじゃない？　それともさあ、ひょっとしてあんた片思いなの？　好きになってもらいたくていろいろ尽くしてるの？」

　タカシは顔を上げずに、

「おねえちゃん、いったい何が知りたいの？」

　ぼそりと言う。うつむいたその顔は怒りをかみ殺しているようにも、まったくの無表情にも見えて口をつぐんだが、今更ひっこむわけにもいかず、うつむいたタカシとむりやり目を合わせてしゃべり続けた。

「何が知りたいってそりゃ彼女のことが知りたいわよ。ねえ今度、私がいるときにその子うちに連れておいでよ。その子がちゃんとあんたのことを好きかどうか私たしかめてあげる。私、手作りのジャムなんて食べたことないよ。あのジャムどうやって作ったの？　教えてよ」

タカシは無言のまま囲いに入っていく。またTVかと思ったがすぐに出てきた。片手にジャムの瓶を持っている。

「一つあげるよ。欲しいんでしょ」

汚れた皿の並ぶ中に瓶を置いて、自分の使った食器を片付け始める。いきおいよく蛇口を捻《ひね》り、あたりに水滴をまき散らして洗っている。不機嫌そうにうつむいた顔は何かぶつぶつと言っているように見えるが、流れ出る水の音に消され声は私まで届かない。囲いの中で着替えを済ませタカシは何も言わずに出ていった。

真ん中に置かれたピンク色のジャムを見ながらぐずぐずと一人食事を続けた。乾き始めて茶色い油を浮かせたいんげんや、食べ散らかされた鯵《あじ》や、納豆で粘ついた皿の中央に置かれた鮮やかな色はどこか場違いで、彼女のために作られた神聖なものに思えるのだった。

冷蔵庫を開けるとこの間まではちきれそうに詰まっていたものはあらかた消え失せていたが、相変わらず見慣れない代物が点々と配置されていた。銀のボウルに入った、何かを裏漉《うらご》ししたような黄色い液状のものは表面にぷつぷつと細かい泡を吹き、みつばちのラベルがついた瓶はとがった口の先から金のしずくを一滴たらし、ヨーグルトの紙パックにスプーンがささったままになっている。私の買ってきたアイスティはそれらに場所を譲り隅に押しやられていて、人の冷蔵庫からものを盗み出すような嫌な気持ちがし、手を伸ばすのが何だかためらわれた。奥にはまたラベルのない瓶があり、この前と同じ濁った白い液体が三分の一ほど入っている。それはまわりのどれよりも、銀のボウルよりも金色の蜂蜜よりも、新しいドレッシングよりもカスタードプリンよりも私の興味を引き、冷気を吐き出す箱の中へ私はそっと手を差し出した。それを遮《さえぎ》るようにいきなりドアチャイムが鳴り、悪いことをしているわけでもないのに飛び上がって思いきり冷蔵庫を閉めた。ドアアイには中央がいやに出っ張った恭一の顔があった。

「何か食わせてよ」

と上がりこんでくる。

「今日二時ごろに友達が来るからそれまでには帰ってね」

と言う私の声を聞いているのかいないのか、朝ごはんの残りを空腹な犬のようにトップスピードでたいらげ、ふと床においてあるジャムの瓶に目をとめて、これ、何よ、と訊く。

「タカシのジャム」

「ああ、彼女に贈ってるっていう、あれか。あんたももらったの？」

「知ってるの、そのこと」

「前にタカシに聞いた。彼女が作り方を教えてくれて、それでタカシがその通り作ってやるんだって。むつまじいねえ」

恭一は言いながら四つん這いになってその瓶を右から左から眺めまわし、

「いささかやばいんじゃないの、これ」

笑い出す寸前みたいなかすれ声を出した。

「そうでしょ、男がこんなものせこせこ作ってるなんて尋常じゃないよね。それに、何？　彼女の言う通りに苺《いちご》煮たりしてるわけ？　何それ、ばかみたい」

それには答えず、恭一は四つん這いのまま部屋の中を動きまわり冷蔵庫を開けたりタカシの場所に首を突っこんだりしている。

「この前あんたのところに電話したけど、現在使われておりませんだったよ」

「ああ電話ね。電話したんだ。質に入れちゃったからね」

「じゃあ連絡取りたいときはどうすればいいのよ」

「電話番号とか好きなの？」

「好き嫌いじゃないでしょ、連絡取れないと困るじゃない」

「平気だよ、そんなの、電話番号なんてなくたって、会いたいって思ってれば会えるふうにできてるから」

「何言ってるの？　原始人じゃないんだから、会えるまでぼうっと待ってるわけにはいかないでしょ」

「だから別にぼうっと待ってなくたって必要があれば会えるものなんだって」

私も恭一もむきになって言い合っていたが、いったい何を議論しているのか我に返るとばかばかしくなってきて、私は手元にある雑誌を恭一に投げた。

「住所でも何でもいいから、書いといてよ。別にむきになることじゃないじゃない」

恭一は寝転がってしばらくその雑誌の裏を見つめていたが、八桁の数字を四つほど書いていく。

「この中のどれかにはいると思うけど、どれにもいなかったら出たやつに伝言しておいてくれれば伝わると思う。これでいいの？」

「タカシがあんたと遊んでるときもこの中のどれかにかければつながる？」

「ああなんだ、そういうこと」

つまらなそうに言うと、仰向けに寝そべってベランダから入る風に顔を向け、風に膨らむカーテンが顔を撫《な》でまわすのをそのままにしている。何しにきたの、と訊くと、タカシと遊ぼうと思ってきたんだけど、と答えた。

「タカシなら出かけちゃったし、これから友達が来るんだから、帰ってよ。おなか一杯になったでしょ」

「へえ、友達が来るの。おれにも会わせてよ、知ってるやつかもしれないし」

と言って動こうとしない。仕方なく寝転がっている恭一の傍《かたわ》らで床に落ちた髪の毛を拾っていたが、目を閉じている彼にそうっと近づいてシャツのポケットに手を突っ込んでみた。布地の感触だけで何もない。恭一はされるままになっているのでジーンズのポケットにも手を差し入れた。

「あんたってそういう趣味があるのかよ」

と身をよじってふざける恭一の前に、ポケットからまさぐりだした銀紙の包みをかざした。

「これって悪いもんじゃないの」

恭一は驚いたような顔をして目の前の銀紙をしばらく見ていた。小さく折り畳んだ銀紙は一筋の光を吸いこんで、恭一の顔に色のない斑点《はんてん》を落とす。

「それ、別に悪いもんじゃないんだよ。悪いもんのようにみせかけてるけど」私の指からそれを取り上げてゆっくりと開いてゆく。「そのへんのさ、草をさ、乾燥させてあるだけ。ただの雑草なんだけど。だからあんたが言うような意味では決して悪くないの」

ごつい指が銀紙の中の茶色いものをつまみ上げ、もみほぐす。

「何でそんなもん持ってるの？　煙草銭がないから？」

「ううん。こういうのが必要な人のために持ち歩いてるの。いつでも分けてあげられるように。あれと一緒よ、とげぬき地蔵のお札。あれ飲むと腹痛いの治ったりするだろ」

恭一は銀紙をていねいに包みなおし、ポケットにしまいこんだ。指の先が茶色く汚れていた。

「あんたタカシと最近よく一緒にいるみたいだけど、タカシもそれに何か関係してる？」

「そんなにタカシが好きならあのジャムでもなめてろよ」

煙草をくわえて火をつけ、夢を見ながら笑っているような声で笑い、恭一は窓の外にじっと視線を投げている。

午後二時きっかりにサダカくんが来た。ドアを開けると彼は窓辺に寝そべっている恭一に愕然《がくぜん》とし、じっと玄関に立ち尽くしているので、その場で彼等を紹介した。

「この人、弟の友達の恭一さん。この人、学校の友達のサダカくん」

恭一はごろりと寝返りをうってサダカを見、ちゃーす、と例の挨拶をし、サダカくんはぐずぐずと靴を脱ぎながら「初めまして、サダカです」とすっとんきょうな声で挨拶をしていた。

「サダカくんおなか空いてる？　お昼まだだったら、ピザかなんかとろうか？」

「いや、いいよ。食べてきたから」

「そう？　そうね、どうせあとで食べにいくもんね」

サダカくんはちんまり正座し、ポケットからきちんと畳《たた》んだハンカチを出して額の汗を拭っている。私は彼の前に、氷の上から注いだオレンジジュースを置いた。そんな様子を、寝そべった恭一はじっと見ている。ガラスのコップからにじみ出てくる水滴の流れる音が聞こえるくらい、その場は一瞬静まり返る。

「恭一さんは、何をしている人なんですか」

ゆうべ一晩練習したせりふを読み上げるように急にサダカくんが言った。恭一は彼を見つめながら煙草をくわえ、

「何にもしてないんだよね」

と平坦な声を出した。あ、そうなんですか、消え入るような声でサダカくんが言い、また三人とも口を閉ざす。私はサダカくんの目の前にジャムの瓶を突き出した。

「見てよ、これ。タカシったらこんなものまで作ってたんだって。しかも彼女が作り方とか指図して、その通りに作ってるらしいんだ。ねえこういうのも純粋な愛情表現なの？」

サダカくんはその瓶からふっと目をそらし、ジーンズのポケットから苦労して煙草

を取り出す。

「大学生ですか？　ぼくは、ナナコさんとおんなじ学部なんですよ」

恭一の寝転がる窓辺を向いて話しかけるサダカくんの指は、箱をまさぐってナンバーつきの煙草を抜き取る。それが三、四、をおいて五と書かれた煙草であることに気づいた。

「サダカくん、それ五だよ、まだ三があるよ」

「あ、いけない」彼は五を揉み消し、三を捜し出して火をつけなおす。

「大学生じゃないよ。何にもしてないんだよ」

間延びした声で恭一が答える。

「それで暮らしていけるなら、羨《うらや》ましい話ですね」

サダカくんは私の見たことのないような穏やかな笑顔で恭一に笑いかけた。

「羨ましいんだったらそうしたらいいよ。簡単だから、すごく」

「簡単ですか」

「うん。何にもなりたがらなければいいし、何も欲しがらなければいいだけだから」

ははは、とていねいに発音してサダカくんは笑い、私のほうを向く。

「ねえ人類学の本もう読んだ?」

「何、それ、そんなのあったっけ」

「あったよ、心配だなあ。レポートのこと、全部把握してる?」

恭一は窓の外を向いてじっと動かず、私とサダカくんはしばらくレポートの話や昨日までにあったことを報告しあった。それも話し終えてしまうと私たちはまた黙りこみ、サダカくんはただそこに坐っていて、恭一は身動きせず寝転んでいて、私は床に置いたコップから水滴が滑り落ちて床に透明のまるを描くのを眺めていた。完全に溶け合っていないマーブル模様のジャムみたいに、熱気のこもった部屋の空気はぐるぐるとまわり続けているようだった。四時近くなって顔を筋だらけにした恭一がふと立ち上がり、

「眠っちまった。帰る」

と言った。そして去りぎわにまだ正座したままのサダカくんの前で足を止め、

「違ったら悪いけど、あんたって強迫なんとか症とか、そんな病気じゃないの? 眠れないとか、急に不安に襲われるとか、ない? もしそうだったら、おれすごくよく効く薬持ってるから分けてあげるよ」

それだけ言って、白分の家から出ていくように玄関のドアを開けて出ていった。

「彼、面白い人だね」

サダカくんはぽつりと言って笑っていた。彼の前で、彼が決して手をつけようとしなかったオレンジジュースは、完全に氷が溶けて薄く染まっていた。

アルバイトから帰ってくると暗い部屋でタカシが顔を赤くして、本棚を動かしていた。

「何してるの？」

声をかけると汗だくの顔で振り向き、

「元に戻してるんだ」

と答える。

「なんで？」

「引っ越しするんだ」

「引っ越し？」

首にかけたタオルで顔を拭いたタカシは作業を続ける。本棚は音もたてず数センチずつ動き、囲いの中が現われ始める。

「ちゃんと元に戻すとこの部屋も結構広いような気がするね。ごめんね、今までここ占領しちゃって。窮屈だったでしょう。行くところなら心配しないで、恭一さんと一緒だから。夏休みが終わるまでにはまたここにも遊びにくるし、ぼくのほうが落ち着いたらおねえちゃんも遊びにおいでよ」

息をつぎたしながらタカシは切れ目なくしゃべり、本棚を元に戻し終えてハンガーラックに手をかける。

「どうして恭一と暮らすの？」

「別に深い意味はないよ。ただこっちにいるのも夏休みの間だけなんだし、あちこち住んでみたら楽しいかなと思って。もう一ヵ月ないからな」

かかった服を何着も床に落としてハンガーラックは隅に運ばれていく。その一着一着を拾ってあとを追った。ハンガーラックが元あった場所におさまると、あっという間に部屋は一ヵ月前の表情を取り戻した。タカシはしゃがみこんで自分の荷物をバックパックに詰めこんでいる。電気をつけるとたしかに部屋はぐんと広がった気がした。蛍光灯の下、細かい雪のように舞い降りる埃の中で、手を動かし続けるタカシはまぶしそうに瞬きをする。その姿を見下ろして私はなぜか、いつだったか目の前でぱたんと閉められた冷蔵庫を思い出した。タカシの出ていく先が、恭一の部屋ではなく、私の決して入れないような暗い穴の中のように思えた。直線を描くゴムのマグネットで私を閉め出すような、そんな場所。

「恭一と二人で、悪いことしてるの？」

「悪いこと？」面白そうに五文字を発音する。「してないよ、悪いことなんか、そんなことしてないけど、恭一さんといると楽しいんだ。それだけだよ」

「お母さんに言いつけるよ。そしたらあんたすぐ連れ戻されちゃうよ」

タカシは手を止めて私を見上げ、目を細めて微笑んでみせる。

「おねえちゃん全然変わってないな、ぼくが一人で押し入れに隠れてると、私も入れろって騒いで、なかなか入れてあげないと必ずそう言ったの覚えてる？」

「何よそれ」

「あんたがお母さんのお財布からお金盗んで変な本買ってるの言いつけてやるって、だから中に入れろって、そのときと同じ顔してたよ、今」

「違うじゃない。あんたが私のあとついてきて、それで」

「どっちだっていいじゃん、そんなの。あ、冷蔵庫に入ってる豚肉、使っちゃっていいから。それじゃ」

バックパックを背負いタカシは立ち上がる。母親のことをぼんやり思い出した。UFOのことを言わなくなってからタカシはぐれることも反抗するような口をきくこともなく、ただにこにこと家族と言葉を交わし、それから自分の部屋に閉じこもった。それはそれで何も問題はないはずなのに母親は「何を考えているのかわからない」といらついて私に八つ当たりした。「あの子は嘘をついているような気がする」と言い、「本当のことは何も言わない」と嘆いた。そういう母親を見るたびに私はかすかな優越感を味わっていた。母親の開けることのできないドアを私ならノックすることができるし、そうすれば必ずドアは開いたのだ。

「ねえ私には本当のことを言ってよ」

靴を履くタカシの後ろ姿に言った。

「ぼくはいつだっておねえちゃんには本当のことを言ってるじゃない。じゃ、また連絡する」

そう言ってドアの外に消えた。階段を下りていく足音が消えて、することもなく冷蔵庫を開けてみた。冷蔵庫の中にはもう蜂蜜も野菜も果物もフベルのない容器もなく、鮮やかな色はいっさい失われて調味料と飲み物だけがぽつりぽつりと隙間を埋めている。プラスチックのトレイに半分だけ残された豚のバラ肉の放つピンク色が、白い箱の中身を彩《いろど》る唯一の色彩に思えた。

また連絡する、の連絡もないまま、私の日々は夏休みがやってくる前の物音のしない静かな生活に戻った。アルバイトから帰ってきて自分の部屋を見上げると、四角い窓は相変わらず暗いがあの小さな稲妻はもう光っていない。鍵をまわすと夏の底に沈んだような暗い部屋が私を迎える。窓を開け放ちTVのスイッチを入れ服を脱ぎ散らかして麦茶を飲み、この間まで囲いのあった場所に薄く埃が積もっているのに気づく。透明な壁を持った囲いがまだそこに存在しているようだった。私はその中に入って水のように流れるTV番組を見た。友人が帰郷してきたと電話をくれたり、今度の約束を決めるためにサダカくんが電話をかけてきて、私は笑い言葉を交わすが自分の声も相手の声もTVの音声と混じって部屋じゅうに薄く広がっていった。

五日たつとサダカくんとの約束がやってきて、私たちは午前中に待ち合わせてお茶を飲み、映画を見、食事をした。映画の感想を言い合い、昨日までのことをお互い話し、明日からの予定を言い合い、友達のうわさ話をする。私とサダカくんの間には一冊のシンプルなシナリオがあって、そこからあまり脱線しないように気を配りながらていねいに言葉を交わしているみたいだと、紙ナフキンを小さく折り畳みながら思った。五日後も十日後も、街頭で、レストランで、お互いの部屋で、私たちはまたそのシナリオをおさらいするように言葉を交わすのだろうと思うと、私はとても安心する。明日とあさってが裏切らず訪れることにほっとするように、安心するのだ。サダカくんはレストランで腕時計をちらりと見て一時間半が過ぎたのを確認し、勘定書きを持って立ち上がろうとする。

「まだ大丈夫だよ、ビールでも飲まない」

私はメニュウを広げてウェイトレスを呼んだ。その一言はシナリオを大きく脱線したのだとサダカくんの表情は告げている。

「でももうアルバイトの時間だよ」

「大丈夫だよ。直前に遅れるって電話するから」

「よくないよ、そういうの」

「いいって。平気なんだって。それともサダカくん、今日家庭教師の日?」

「違うけど、それはだめだよ。もう行ったほうがいいよ。話があるならあとで聞くよ」

　やって来たピンクのエプロンのウェイトレスを断わって、サダカくんはレジに向かった。ウェイトレスは所在なげに立っていたがやがてテーブルの上の食器や私が折った紙ナフキンを片付け始めた。あとで聞いてもらいたいような話があるわけではなかった。ただ私はそのとき、予定されていた一時間半が過ぎても決して私たちの間のシナリオは終わらずに、いつまでも他愛のない言葉を交わしていることが可能なのだと、そのことをどうしても知りたかった。

「アルバイトが終わるころ近くで待ってようか?」

　車の中でサダカくんが言う。

「別にいいよ。どうしても話したいことがあるわけじゃないから」

　車の向かう先に、ビルの中に沈む大きなオレンジ色の塊があった。今月アパートの更新で家賃が上がるからアルバイトを増やそうと思うんだ、学校の近くで塾の講師を募集してたからいいかなと思ってるんだと、前を向いてサダカくんは話す。ハンドルを握りしめて前を向きサイドミラーを覗いたりときおり舌打ちをする、運転中のサダカくんは一番かっこいいと、彼の隣に坐るたびいつも思う。彼の話に返事をせずに私は横顔やハンドルの上の手を見つめた。まるで欠点の一つもない精巧な機械みたいだった。

「この前うちにいた恭一って人覚えてる？　弟の友達の」

私は機械に向かって話す。サダカくんは前を向いたまま、ああ、と短く答える。

「あの人ね、生まれる前のこと、全部覚えてるんだって。生まれる前に人の魂は、ね、それぞれ町みたいなところにいるんだって」

オレンジの塊がビルの中にゆっくりと落ちていって、空が次第に青く染まっていくのをたしかめながら私は恭一に聞いた話をした。ハンドルをまわしたりブレーキを踏んだりするのと同じようにサダカくんは相槌をうち、せわしなげに時計を見ている。私がまだ話し終えないうちにフロントガラスに顔を近づけて、

「雨降ってきたよ、嫌だな」

と言った。私はそこで恭一の話を打ち切った。車の中はしんとして、大きな雨粒がフロントガラスにぶつかる音が響く。赤信号でブレーキを踏み、サダカくんはワイパ

ーのスイッチを入れて、

「うちはおやじがものすごく厳しかったんだよね」

と急に全然関係のない話を始めた。

「ぼくと弟は本気で恐れてたんだな。でも妹が生まれて、おやじがらっと変わっちゃってね。ぼくはもうそのころ物心ついてたからよかったけど、弟はそういうのがわからなくて、混乱したみたいだったな」

信号が変わり車は走り出す。雨の中を足早に歩く人たちの後ろ姿をぼんやりと目に映して、サダカくんの淡々と話す「優しくなったおやじとその後の子供たち」とタイトルのつけられそうな話を聞いていた。その話がどこにつながるのか、じっと待っていたが結局それはそれでどこにもつながらないまま終わってしまい、車は私のアルバイト先に着いた。

「じゃあまた五日後」

ウィンカーの音の響く車の中でサダカくんはようやく私を見た。

「もし終わってうちに来たかったら電話して、今日は暇にしてると思うから」

「ありがとう、またね」

サダカくんを乗せた車のフロントライトは薄闇を照らして走り去り、それを見送ってふと、そのライトは今日の私との待ち合わせに再び向かっていくような気がした。

TVの前にしゃがみこんで、いつか恭一の書いてくれた四つの電話番号を何度も指でなぞったが、電話をかけるのはためらわれた。恭一とタカシに出くわさないかと一人弁当を買って、三人でサンドイッチを食べた公園で、乾いた芝生に坐って汗を流しながら長い時間かけて食べた。しかしまわりを通り過ぎるのは照りつける太陽に芯を一本抜かれてしまったような若い子たちと、どこに向けているんだかわからない丸い目をくるくると動かして近寄ってくる鳩だけだった。タカシの場所に積もっていた薄い埃もいつか部屋じゅうに広がって見えなくなり、私一人の出したもので床の上は散らかっていく。冷蔵庫を何度か開けても中身はまったく変わらず、捨て忘れてたまり始めたゴミ袋はコンビニエンスストアの弁当の空箱で満たされていた。

バスタブで脚を伸ばして私はその日一日のことを順繰りに思い浮かべた。今度サダカくんに会ったときにきちんと会話を進めさせることができるように、こんなTV番組を見たとか、レポートを仕上げようと思ったが寝てしまったとか、アルバイト先にこんな変わった客が来たとか、口の中でつぶやいてみた。そうしているとその日過ごしたはずの一日はどんどん薄っぺらくなり、朝起きてTVをつけてレポートを仕上げようとしたのはもうずいぶん前のことで、私は今日一日こうしてバスタブに沈んだまま、昔の記憶をなぞりながらぶつぶつ言って過ごしたんじゃないかと思えてくる。

母親から宅配便が来た。箱の中身は見事な桃で、甘い香りが部屋一杯に広がった。タカシと一緒に食べなさいとメモが添えられていた。表面に薄く毛の生えた淡い色の桃を一つ一つさすった。箱に目一杯詰まった桃は到底一人で食べられる量ではなく、これで電話をする用件ができたと裏に四つの電話番号が書かれた雑誌を捜した。しかしこの間まであったそれは見当たらず、恭一はいったい何の雑誌の裏に電話番号を書いていったのかも思い出せない。部屋のごみ箱をあさり、木棚を引っ掻きまわし、たまったゴミ袋を片っ端からほどいていく。弁当の空箱がかさかさと音をたてる中に手を伸ばし、紙切れや古雑誌を取り出すけれどティッシュだったり新聞だったりしてだんだん私は焦り始めた。電話番号を見つけだすより先に、ゴミ袋に投げこまれた雑誌の間から、私の手はタカシの書いたらしい手紙を拾い上げた。広げてしわを伸ばし、それが彼女に宛てたものだとわかり、電話番号のことを一瞬忘れて文字に顔を落とす。

　昨日は本当に楽しかった、と読みにくい字は告げている。毎晩電話をくれてありがとう。でも君は忙しいひとなんだから、その合間をぬってわざわざかけてきてくれなくていいんだよ。きみがいつも送ってくれる暗号だけで、ぼくはちゃんときみを理解することができるし、きみだってそうだろう。それにちょっと困ったことがあるんだ。あんまり毎晩ぼくが長電話をしているものだから、姉がぼくのことを気にし始めたんだ。きっとほかのひとたちと同じように、ぼくたちのことを別れさせようとしてるに違いないんだ。でももうぼくたちは、こんなことには慣れてしまったよね。だけど十日の約束は、姉がぼくを出かけさせてくれないので行けないかもしれない。たとえぼくが行けないことがあってもぼくの気持ちは決して変わらないのだから、安心していいんだよ。安心してぼくのジャムを食べ続けて下さい。きみの言う通り、きっとジャムがぼくらを守ってくれるから。

　恭一さんは、と続けられて文字は突然終わっていた。紙の上に汗が一滴音をたてて落ちた。文字は読むのがようやくであるくらい汚く、誤字がずいぶんあったのだが、そんなことも気にならないくらい胸の中がざわざわしていた。タカシが何を書いているのかまったくわからなかったのに、しわくちゃな紙を這う小さな字の羅列《られつ》は私をぞっとさせた。膝の上にその紙を広げたまま、私はサダカくんに電話をかけていた。

「ああこんばんは。今日は幾分涼しかったよね」

きっちり二度のコールで受話器を取る、いつもと変わらないサダカくんの曇りのない声は私を安心させてはくれず、私は早口に弟の手紙の話をした。

「タカシに電話がかかってきたことなんか一回もないし、私はあの子が長電話してるのなんて見たこともないんだよ。『彼女に会わせてよ』とは言ったけど、出かけちゃいけないなんて言ったことは絶対にないのに、何考えてこんなもの書いたんだろう」

電話の向こうでサダカくんは黙りこむ。箱から煙草を抜き取りライターで火をつける音が聞こえてくる。胸の中をざわめかせているのに、今彼の指にはさまっている煙草のナンバーはきっと七だろうと考えて彼がしゃべりだすのを待っていた。

「そんなに驚くようなことではないよ」サダカくんは言った。「そういうのはよくあることだよ。つまりね、きっと彼等はうまくいっていて、ものすごく幸せなんだな。それできっと、ちょっとした刺激が欲しかったんだと思うよ。覚えがあるだろう？安定しすぎた恋愛は物足りなく思えるんだな。障害があったほうが恋愛は燃え上がるし、障害が大きければ大きいほどその恋愛がたった一つの、かけがえのないものに思えてくるじゃない。あんまり問題がなさすぎるから、だからきみのことを持ち出してきて、きみが邪魔してるっていう設定にして、現代のロミオとジュリエットを気取って楽しんでるんじゃないかな。たとえばそのいつだっけ？の約束にしても、タカシくんはきっと何かの用事で行けなかったんだけど、それをきみが行かせてくれないって言ったほうがもりあがるじゃないか」

受話器を潜《くぐ》ってくる落ち着いたサダカくんの声は、次第に人の声ではなくて、さっきゴミ袋に手を突っ込んだとき空箱がたてたようなかさかさした音に聞こえ始める。

「そうね、きっとそうね」

手紙の上の文字を繰り返し目で追いながら私はそう言った。

「別に騒ぐほどのことじゃないよね。少し落ち着いたよ、ありがとう、じゃあまたね」

「うん、心配いらないと思うよ。また何かあったら電話してきてよ。じゃ、とりあえず、あさってにね」

電話を切ってから、ほかにも書き損じの手紙はないかとTVの裏を覗きこみ、CD

ラックをひっくり返した。この間までついたてで囲まれていたその場所にするすると壁が張りめぐらされ、私を閉じこめているみたいだった。汗は顎を滑り落ち床に細かい模様を作っているのに、タカシのいた場所に這いつくばっている私は寒くてたまらなかった。書き損じの手紙はそれきり見当たらなかったが、積み上げた雑誌の中から電話番号の書いてある一冊を見つけだした。四つ並んでいる番号を、上から順にかけていった。騒ぐほどのことじゃないよね、少し落ち着いたよ、さっき自分で言った言葉を反芻《はんすう》する。タカシの書いた手紙はよくわからないし、多分サダカくんの言うように意味のあるものではなく、大したことではないと思っているのに番号を押す指が震えている。

一つ目も二つ目も書かれた番号は呼出し音が鳴るだけで、一向に相手が出る気配がない。三つ目の番号を押すと四回の呼出し音のあとにつながった。しかし出たのは留守番電話に吹きこまれた女の声で、

「二十日、H公園のポップコーン売り場の前」

とだけ告げ、ピーと甲高い音を私の耳になすりつけて切れた。四つ目の番号もつながらなかった。もう一度三つ目の留守番電話の声を聞き、そのへんの紙切れに日にち

と場所を書きこんだ。耳の後ろにとまって鳴いているように蟬の声が響き、何かを考えるのが面倒になってタカシの手紙を丸めてゴミ箱に投げ入れた。

その日はちょうどサダカくんに会う日だったので、私はアルバイトを休み、彼と一緒にH公園に行った。ポップコーン売り場の前にたどり着いて、その前にある噴水の縁に腰かけてあたりを見まわす。何時に、と留守番電話の声は言っていなかったからここで一日過ごすしかなく、今日は一日じゅうここにいようという私の提案があまり気に入らなかった様子で、隣に坐るサダカくんは、

「ここで待ってれば弟さんに会えるの?」とか「本当に連絡の取りようがないの?」とか三分おきくらいに訊いた。

いつも交わされるべき会話は午前中のうちに終わってしまい、サダカくんの「来週あたりプールに行かないか」という提案とそのプールの説明を最後にして私たちは黙りこんだ。太陽はずいぶん高いところで輝いているのに気分が悪くなるくらい暑く、私は流れる汗を拭き取るのも面倒だったのだがサダカくんは四角いハンカチを無言のまま顔に這わせている。そんな姿を見ているとさすがに誘った私は申し訳なく感じ、

何か面白い話題はないかと頭の引き出しを総点検してみても、どれもこれももう話した話題ばかりだった。

「本当に暑いよね」と不機嫌なわけではないのを証明するようにサダカくんが言い、

「今日は本当にごめんね。こんなに暑いのに」と私が答え、

「暑いのはきみのせいじゃないよ。それにしても暑い」とポップコーン屋を見ながらサダカくんが言い、

「どうしてこんなに暑いんだろう」と私がつぶやき、

「そりゃ夏だからね、暑いのは仕方ないよね」

　と間の抜けた漫才のような会話がときおり思い出したように交わされた。そんなことを繰り返しているのもばからしいので、いつかの「急に優しくなったおやじ」みたいな話をサダカくんがしてくれないかと待ってみるが、彼はただハンカチを持つ手を機械的に動かしているだけだった。

「ジュース買ってくるよ。何がいい？」

　そう訊くと、彼は疲れ果てたような顔を歪ませて微笑みを表現し、

「いいよ、ぼくが買ってくるから。きみは見ててよ」

とぼてぼてとジュース売り場まで歩いていく。

ジュースを無言ですする私たちの前を、ローラースケートを履いた子供たちが何回も通り過ぎ、待ち合わせをしていた男と女がめでたくめぐりあい、太陽はじりじりと私たちを叱るみたいに照りつける。ローラースケート集団が消え去り、何組ものカップルが落ち合いどこかへ消えていくのを見送っても、恭一もタカシも現われないどころか、恭一の友達だと一目見てわかるタイプの人も見かけない。私とサダカくんはしまいに「暑いね」と言い合うこともやめてしまって、暑さにやられた動物園のライオンのようにうなだれて白く光る乾いたコンクリートを見つめていた。

日が暮れて幾分涼しい風が吹き始めるころ、ポップコーン屋は蛍光灯を灯《とも》す。赤いポップコーン製造機の中で無数の白い粒がぽんぽんと弾けている。それを見ながら、もう恭一にもタカシにも会えないいんじゃないか、もし会えたとしても何をどうやって話したらいいのか考えていると、口の中がぱさぱさに渇いてきて気が遠くなった。隣で煙草を揉み消しているサダカくんに「もう帰ってくれていいよ」と言おうとした瞬間、固まって通りすぎていく女の子たちの向こうに、こちらに歩いてくる恭一をようやく見つけることができた。彼は私に気づかずポップコーンを買いあたりを見まわしている。どこから来たのか、数人が彼のほうに集まってくる。想像していた通り見るからに恭一の友達ですといったなりの男や女たちがほとんどだったが、たった今通勤電車から降りてきたような格好の人も混ざっていた。片手を上げて挨拶をし、歪んだ輪を作って何か話し合っている。薄闇の中から一人二人ぼうっと現われてきてそこに混じる。噴水に腰かけたままタカシの姿を捜したが、その中にはいなかった。橙の光を灯すポップコーン屋の前でしばらく話し合っていた彼等はそのままぞろぞろと移動を始める。「あの人」と恭一を指したサダカくんの口を押さえ、私は彼の手を引き少し離れてその集団のあとをつけた。

「中に入らないで下さい」の看板を無視して、彼等は刈り揃えられた芝生の中に列になって入っていき、円を作って坐った。長方形に植えられた芝生はそこだけすとんと黒く、真ん中に坐った人たちは魔法のじゅうたんに円座しているみたいで、何が始まるのか知らないが今にもふわりと宙に浮かび上がりそうだった。

「弟さん、いないみたいだね。あの人に訊いてきたらどうかな？」

サダカくんが私に耳打ちする。

「でも何か始まりそうだから」

「この中、立ち入り禁止なのに。いったい何を始めるんだろう。ちょっとやばい雰囲気だな」

円を作った人たちは（数えてみると十四人いた）何かひそやかに話し合っている。目をこらすと話し合っているというよりも、一人でしゃべっている男に全員が耳を傾けているみたいだった。

「何とかの会とか、そういうのかな。それとも宗教関係かもしれない。ちょっとやばいんじゃないのかな」

サダカくんが言う。

「サダカくん、もしかしてあれ長引くかもしれないから、私はここで待ってるけど、もしよかったら帰る？」

「そうしようかな。もう八時近いもんな」

サダカくんはそう言って一歩後ろに下がる。

「今日はどうもありがとう。今度お礼に何か奢らせてね」

私が言い終わらないうちに彼はその場を離れ、

「また電話する、じゃあ」

と手を振って背を向けた。

低い柵《さく》に手をかけて「中に入らないで下さい」の少し薄れた文字を何度も読んだが、恭一が私に気づきそうもないのでそっと柵をまたぎ、円から少し離れた場所に坐った。彼等はまだ一人の男の話を聞いている。声はここまで届かない。芝生は少し暖かく、ちくちくと脛《すね》を刺す。芝生の上をよろめきながら歩く黒々とした蟻《あり》を一匹、人差し指でつぶした。にじみ出る体液が指の先を汚し、乾いた芝になすりつける。次に顔を上げたとき、話はもう終わっていて、彼等は奇妙なことをしていた。全員で手をつなぎ、目をつぶってじっとしている。恭一も、右隣の女と左隣の若い男としっかりと手をつないで、お祈りをするような真剣な表情で目を閉じている。次の瞬間にも、本当に彼等が浮かび上がっていきそうな光景だった。

かなり長い時間そうしていたあと、目を開けた一人が私に気づいて訝《いぶか》しげな視線を向ける。次々に目を開けた人々が振り返って、芝生に一人坐っている私を見る。彼等の視線に刺《とげ》はなかったが、自分が管轄外の縄張りに入りこんだ野良猫みたいに思えた。恭一が私に気づき腰を上げ、見慣れた笑顔で目配せしているのがわかっても、私は顔を上げられずつぶれた蟻の死骸《しがい》を爪の先でいじっていた。

輪を作っていた人たちは立ち上がり、サークル活動を終えた学生のように和気あいあいと言葉を交わしながら柵を乗り越えていく。その群れと離れて、どうしたの？と言いながら近づいてくる恭一に、

「うちに桃がたくさんあるんだけど、食べにこない？」

と訊いた。恭一はうれしそうに顔をほころばせて、

「おれ桃大好きなの。じゃあ今から行こうぜ」

と先を歩く。彼のあとを追って柵を越え、振り返ると芝生は何もなかったように闇の中に黒々と横たわっていて、集まっていた人たちが前を通り過ぎて帰っていったのはこの目で見たのに、手をつないで目を閉じたまま空の彼方《かなた》に浮かび上がっていったように思えた。

「タカシはどこにいるの」

「さあ。いつも一緒にいるわけじゃないから」

バス停でバスを待っていたのは私たちだけだった。時刻表は文字が消え失せ、何分後にバスが来るのかわからない。ライトを道路に滑らせながらいろんな形の車が走っていく。私たちをずらりと取り囲むビルは、等間隔に並んだ小さな窓に白く明りを灯

らせていた。

「さっき、集まった人たちは何してたの」

「ミーティング」

「どんな？」

「今日はね、頭にバンダナまいた男がいたの覚えてる？　あいつが先週奥歯に詰めた金歯を落としたらしいんだけど、そこに金星人からのメッセージが送られてくるようになったって話してた」

　ガードレールに片足をかけ、車の流れを見守っている恭一を覗きこんだ。

「ふざけてる？」

「全然」

「そういうの、みんな信じてるの？」

　恭一が答えるより先にバスが来た。バスは空《す》いていて、冷房ががんがんにきいていた。私たちは一番後ろの席に並んで坐った。前の座席の背に足をかけ、窓ガラスを指でさすりながら恭一はのんびりした声でさっきの質問に答えた。

「多分八十パーセントはみんな信じてないよ、でも残りの二十パーセントは信じてるんだ。金星人とか、メッセージがどうとか、そういう具体的なことを信じているというより、何かもっと別のことを信じてるんだよ。あんたちょっとやばいって思ってるんでしょう、でもさっきのやつらは、金星人のメッセージを解読するために集まってるわけじゃなくて、みんな共通の何かを信じてるって、そういうのを確認したくて集まってるんだ。最初はもっと少ない人数が遊び半分でやってたんだけど、だんだん人が増えて、ときどき奇妙な気分になることもある」

「奇妙な気分て?」

「手をつないだまま、みんなですうっとどこか、ずっと遠いところに吸いこまれていくような。それを全員が感じたりすることがある。そういうのってすごいと思うんだ。あとね、ああいうことをやっているうちに生まれる前のことを思い出したやつもいるんだよ。おれと同じこと言ってた。タカシもときどき来るよ。あんたもまた来たかったらおいでよ。今度は輪の中に入れてあげるよ。まああんたが何を信じるかだけど」

バスは明るい光で賑わう表通りを大きく曲がり、住宅街に入る。アーチになった大木の下を通り、ときおり枝のとぎれ目から差しこむ街灯が車内を照らし出した。恭一は窓ガラスに自分の姿を映して、首にぶら下げたアクセサリーをいじっている。

　爪を立てなくても桃の皮はするりとむけ、傷一つない赤ん坊の肌みたいな果肉が現われる。私と恭一は床に置いた皿の上に顔を突き出し、汁が床を汚さないように齧りついた。私が知りたかったタカシの彼女のことを、ぴちゃぴちゃと音をたてて桃を食べながら恭一は素直に教えてくれた。恭一の口にした彼女の名前は私も知っていた。TVをつければ必ずどこかのチャンネルで見ることができる、脚のきれいな若いタレントだった。ただ弟の言う「彼女」がそのタレントであるだけの話で、彼女のほうはおそらくタカシの存在なんてまるで知らないだろうし、知っていたとしてもちょくちょく気味の悪い手作りのクッキーやらジャムを送ってくるオタクじみた高校生だとしか思っていないだろう。面白がるふうでもなく、重大なことを打ち明けるふうでもなく、明日は雨が降るらしいよと伝えるように恭一は話した。

「じゃああの子は嘘をついていたのね。夏休みにこっちに来たのも、彼女が会いたいって言ってるからじゃなくて、そのへんのガキみたいに追っかけがしたかったのね」

　ようやく口を開くと口の中が甘さでべたべたしていた。恭一は種のまわりの果肉をていねいに舌先ですくい取りながら、

「違うよ」と言った。「そんなわけないじゃない。

「そうやって自分を安心させるために思いこむのはよくないよ、おねえさん。タカシの話を聞いてれば、嘘じゃないってことぐらいわかるじゃん。タカシにとっては全部本当なんだよ。実際彼女から手紙が来て、二人で会って、タカシの中でずっと進行してるんだよ」

そうだ彼女はここへ来たのだ。タカシに呼ばれてここへ来て、タカシの作ったご馳走をたいらげ、囲いの中のタカシの布団に長い髪の毛を落として帰っていったのだ。そのときの部屋の様子は今でも細部にわたって思い出すことができる。しかし心の中でその光景を再生するうち、電波ジャックでもされるように紛れこんでくるのは、いもしないだれかと床の上で自分の作った料理を食べるタカシであり、どこかで手に入れた髪の毛をうっとりと布団に置くタカシの姿で、それは自分の目で見たような鮮明さで心の中に映し出されるのだった。冷蔵庫の奥で白い液体を見せるあの透明の瓶、TVの上で輝いていた白っぽいジャム、画面の中でプラスチックみたいな足を動かして歌う女の子、次々と浮かんで消えていく光景は、くるくると色を合わせて遊ぶ立方体のおもちゃみたいにつなぎあわされて、次第に意味を持ち始める。

「じゃああの子、少しおかしくなっちゃったの？」

思わずつぶやいた白分の声はあまりにも情けなくて、恭一は声をあげて笑い、彼の口から桃の汁が飛び散った。

「実の弟にそれはないでしょう。あいつおかしいと思う？　じゃあ病院に連れていく？　あいつ全然普通じゃないか。おれ、最初は、あいつの中でその部分だけ螺子《ねじ》が狂っちゃっただけだと思ったんだ。ずっとTVで彼女を見てるうち、こっち側とあっち側の境界線がなくなっちゃったんだろうなあって。だけどね、あいつの話聞いてると、ちゃんと聞けば聞くほど、だんだんわからなくなってくるんだよ。もしかしてあいつとそのタレントは、本当にどこかでつながってるのかもしれないって、そんなふうに思えてきて、何かもういいやって思ったんだ。それが妄想だとか嘘だとか言いきれないし、人は信じたいものを信じてていいんだと思うし」

食べかけの桃で手をべたべたにしている私の横を通り過ぎ、恭一は流しで手を洗っている。流れ出る水道の音がずいぶん遠くのほうで聞こえた。いつかタカシがくれたジャムの瓶がTVの上で鈍く光っている。それにおそるおそる手を伸ばし、蓋《ふた》を外した。中に詰まったジャムは、苺味のシロップと酢漬けの茄子《なす》をいっぺんに口に含んだような匂いがした。

「それだってきっと、変なものじゃないって信じてるからあんたにくれたんだと思うよ。そりゃもらったほうは気持ち悪いかもしれないけど、でもほら、普通のジャムより蛋白質《たんぱくしつ》豊富でいいんじゃないの」

背後から私を覗きこんで恭一が笑う。

「私の見つけた手紙の話をしたら、サダカくんは、よくあることだって言ってた。こういうふうに、TVの中のことと現実のことがごっちゃになっちゃうのも、よくあることなの？」

恭一に言うつもりでなくつぶやいて、私は父親のことを思い出した。母親が「あの子はおかしい」と言い出すとき父親は必ず聞こえないふりをしているか、「若いころはそういうものに興味を持つものだから、あと二年か三年たてばきれいさっぱり忘れるんだから放っておけ」と吐き捨てるようにつぶやいていた。サダカくんの煙草を揉み消す指と、父親のそれが重なって目の前を漂っていた。

「サダカ？　ああこの前のやつね。あいつの言うことなんて聞くのやめたほうがいいよ。あいつちょっとおかしいよ、おれこの前一緒にここにいてそう思ったもん。タカシなんかよりあいつのほうが絶対変だよ」

後ろに立つ彼の指の先から水が滴り落ちて私のＴシャツを濡らしている。瓶を持った私の手も、口の中も口のまわりも、顔じゅうが桃の汁でべたべたしてくるように思えた。

どこから入りこんだのか小さな蠅《はえ》が、食べかけのまま放置されて色を変えた桃のまわりで飛んでいるのを眺めながら私は恭一と寝た。恭一の口も手も髪の毛も桃の匂いがした。身体の位置を変えるたび、にじみ出る汗で床に落ちたボールペンや紙切れが背中や脛に張りついては落ち、次第に私の身体からも恭一の身体からも流れ出てくるのは汗ではなく桃の甘い汁に思えてきて、たまらなく不快だった。頭から、いや部屋じゅうに冷たい水をぶちまけて身体にまとわりつく甘い匂いを消し去りたかった。

「タカシに会わせて」

裸で大の字に寝ている恭一に言った。恭一は汗だくの顔をじっと私に向ける。

「桃を渡したいの。あんたの家に連れていってよ」

「いいけど、その前にシャワー貸して」

恭一はのそのそとバスルームに消えていく。明りをつけると数えきれないくらいの小さな蠅が甘い匂いの中を擦《す》り抜けあっていた。

　恭一に連れられて終電近い地下鉄に乗った。前の席では目をうるませたカップルが手を握りあい、出口付近では学生ふうの集団がしゃがみこんだ仲間を介抱していた。酔いつぶれた男は苦しそうに胃の中のものを吐き出し、学生たちは声をあげて後退《あとずさ》り笑い始める。酸っぱい匂いが車内にたちこめるがカップルはおかまいなしに何かささやきあってときおり笑い声をあげる。恭一は興味深げにその光景を眺めまわし、男が吐いたものをわざわざ見にいこうとするので必死に止めた。

「あんたがいつか『悪いもの』っていった草、タカシが売ってるんだ」

　恭一が急に言い出した。おい、いいよ、吐いちまえ吐いちまえ、やめろよおれにはかけるなよ、ろれつのまわらない男たちの大声と、車両に響き渡る轟音《ごうおん》と、カップルの女がたてるひきつったような笑い声から恭一の声を抜き取るために、耳を彼の口元に近づけなければならなかった。

「高校生とか、あいつ年近いだろ、予備校なんかに潜りこんで仲良くなって、それで欲しいやつに売るんだ。売人としてじゃなく、友達としてね」

　電車は止まり、酔っ払った集団は出口付近に汚物だけ残して降りていき、車内はしんと静まり返る。私は声を落として訊いた。

「でもただの雑草なんでしょ」

「それでも効くらしいんだよね、おかしいことにさ。ああいうのがあって初めてばか騒ぎできるやつって結構多いみたい。タカシもときどきやるみたいだよ。偽物って知ってて。彼女のこと、そのときすごく詳しく話してくれたんだけどさ、彼女がジャムの作り方を教えてくれるって言ってたろ、彼女の言う通りクッキーも作ったらしいんだけどさ、それがね、画面の中から彼女が暗号を送ってくれるって言うんだよ。今度は苺がいい、苺ジャムの作り方はこうだって。瞬きの回数とか、唇の開き方とか、歩き方とか着てるものとか全部に微妙に暗号が隠されてるんだって。それ、おれ一緒に見たんだよ、タカシと一緒に。あのタレントがTVの生番組出てて、『ほら今マイクをこう握り換えた、これはこういう意味だ』って全部あいつが説明してくれてさ、それがね、意味が通るんだよ。ものすごく不自然な瞬きとかしてるわけね、暗号だと思わざるをえないような。感動すらしちゃったね、おれは。それで思ったんだけどさ、偽物の雑草でもあるやつにとっては本物なんだ、高い金払えるくらいの。その間に区別はないんだ。だますとかだまされるじゃなくてね。タカシにとっても、きっとそうなんだと思ったんだよね」

膝にのせた、桃の入ったビニール袋を両手でさすりながら聞いていた。次の駅でカップルは身を寄せあうようにして降り、その車両には私と恭一と嫌な臭《にお》いをまきちらす汚物だけになった。恭一は話をやめて「貸し切り」と喜んで吊《つ》り革で懸垂を始める。色とりどりの吊り広告が扇風機にあおられて音もなくはためいていた。

しばらく歩いて恭一はいきなり立ち止まり、ここが家、と指を伸ばした。その指の先には横断歩道があり、更にその先には緑の木々に囲まれた大きな公園が広がっていた。横断歩道を渡る恭一のあとを追った。公園の上には高速道路が走っていて、絶え間ない車の流れがひっそりと降る雨のような音を公園内に満たしている。道路傍《わき》に植えられた木は闇の中で黒々と光り、アスレチックふうに木で組み立てられた遊び場があり、中央にはさほど水の汚れていない池があって、噴水がライトを浴びて青や緑に染まっていた。一見そこは、昼間になれば子供たちが大勢やってくるどこにでもある遊び場に見えるのだが、そこここに点々と囲いを作っている段ボールが「普通の公園」の雰囲気を少しだけ歪ませていた。しかし生い茂った緑の木々や秒単位で色を変える噴水があるからか、何度か目にしたことのある浮浪者の住み処《すか》とはまるで違った。あちこちに同じような方法で作られた段ボールの囲いが整然と並んでいて、ところどころの枝から枝に張られたロープには白いTシャツが何枚かひるがえって薄闇にほのかな光を集めている。人のいない広い博物館に足を踏み入れたときみたいに私は身体を硬くして、思わず自分の部屋から出てここまで来た道のりを反芻した。たしかに私は地下鉄に乗り、切符を渡して改札を潜り、ちゃんとした道路を歩いてここにたどり着いたはずだが、目の前の静寂の中、横たわっている光景は普通に歩いてきた道とつながっている場所のようには見えなかった。

「何なの、これ」

思わず私は言った。

「ここおれが作ったの、すごいだろう、このあたりは管理が緩いんだ、だから当分追い出されないと思うよ。いつか話した生まれる前の話覚えてる？　あれをこっちの世界にも作りたくて、がんばったんだぜおれ。ここはおれの覚えてるあの場所に近いんだ」

「タカシはここにいるの？」

「タカシんちはあそこ。おれんちはこっち。あとは友達とか、友達の友達とかが住んでる。さっきのミーティングに来てたやつも結構いるよ。住んでるやつもみんな見覚えがある。タカシみたいにね」

恭一の話を最後まで聞かず、私は「あそこ」と指された木製の滑り台に向かって歩いた。滑り台の裏に、私の胸くらいの高さの段ボールが長方形を作っている。内側を覗くと、そこにタカシはいた。覗きこむ私に気づかず、小さな液晶TVを両手で持ち宝物に見とれるように顔を近づけている。タカシ、とつぶやくと彼は顔を上げた。私の姿を見てもべつだん驚いたふうもなく、

「ああおねえちゃん」

と夢の途中で会ったような、寝惚《ねぼ》けた声を出した。

恭一と一緒にタカシの「家」に入った。そこはラジオも毛布もガラスのかけた時計もあった。タカシはTVを消して慣れた手つきで蠟燭《ろうそく》をつける。

「これ桃。うちから送ってきたから」

「ありがとう。何か飲む？　買ってこようか」

「ずいぶん充実してるのね、中身が」

毛布に坐るとかすかに埃っぽい匂いがした。

「うん、拾うんだよ。自転車持ってる人もいるし、炊飯器持ってる人もいるんだよ」

タカシは面白そうに言い、目を細めて私を上目遣いに見る。

「お母さんに言いつける？」

私の返事を聞かずにタカシは隅にあるプラスチックの箱から一万円札を何枚か出し、恭一と分け始めた。タカシの細い指先は茶色く汚れていた。それが済むと、私の部屋に作った囲いでそうしていたようにタカシはくつろいで雑誌をめくり、恭一はポケットから爪切りを出して足の爪を切り始め、「ちょっと足の爪飛ばさないでよ、ちくちくするんだから」「平気だって、これは爪を飲みこんじゃうやつなの。キヨちゃんにもらったんだ」と楽しげに言葉を交わす。頭のすぐ上でクラクションが鳴り、涼しい風が髪を撫でていく。さっきの集まりで見かけたような何人かが酒くさい息を吐きながら恭一を誘いにきて、彼等は噴水の前で花火を始める。雑誌をめくるタカシの足に触れそうな位置に坐り、私は不意に今がいったいいつなのかわからなくなるような色合の濃い懐かしさを覚えた。今にも母親が大声で私たちの名前を呼びながら現われ、眉間《みけん》にしわを寄せて段ボールを見下ろしそうだった。

「今日ここに泊まってもいい？」

タカシは雑誌に目を落としたまま、いいよ、と答えた。

ずいぶん高いほうにしみを浮かせた灰色の天井がある。アニメーションのように揺れる木々の向こうに三日月が見える。恭一たちのあげる笑い声が聞こえ、色のついた火を噴き出す花火にあたりはぱっと明るくなる。

「背中、痛いね」

埃くさい匂いをかぎながら、隣に寝ているタカシに言うと彼は小さな声で笑った。

「姿勢、よくなるんじゃない」

不自然にならないように口の中で何度か繰り返してから言ってみた。

「彼女とどうなった？　こんなところに住んでちゃ、呼べやしないでしょ」

タカシは首をまわしてじっと私の目を覗きこみ、

「ぼくを試してるの？」

声を抑えて言った。私は慌てて言葉を捜した。

「何よ試すって。私があんたをどう試すっていうのよ？」

それには答えないのかと思うほど長い沈黙のあとで、タカシは「試してるの？」と訊いたことを忘れたように話し出した。

「恭一さんに会えて本当によかったなあ。ここにいる人たちも、みんないい人たちばかりだよ。みんな仲良しなんだよ。ここにいると、すごく肯定されたような気がするんだ」

「そうなんだ」

「ここのこと、お母さんに言いたかったら言ってもいいけど、きっとあの人にはわからないと思うなあ。この場所がどういうところなのかきっとわからないと思うなあ」

「言わないよ、別に」

「そうだよね、おねえちゃんなら、ぼくからここを取り上げるようなことするはずがないよね」

　部屋の隅に置いた蠟燭の火が、横になったタカシと私を段ボールの壁に大きく映し出している。横目でこっそりタカシを盗み見ると、タカシは顔をこちらに傾けて目を閉じていた。枕元に電源の切れた小さなTVがタカシの眠りを見守るように転がっている。

　せわしなく揺れ続けている蠟燭の火を吹き消した。眠るタカシの汗をかいた額が水に住む生き物みたいにてらてらしていた。

　眠ろうと目を閉じると、段ボール住宅のどれかから突然笑い声が聞こえてきたり、頭の真上でクラクションが響いたり、腕を蟻が横切っていったりするのが気になって、なかなか眠ることができず、右の肩にかかる柔らかいタカシの寝息をいつまでも数えていた。

明け方、汗ばんだタカシの寝顔を見ていたが、目を覚ます気配もないので先に部屋を出て噴水の傍にある水道で顔を洗った。噴水は動きを止め、池の水は凍ったように静止していた。

厚く重なった雲の向こうで太陽がうっすらと顔を出し、まだ早い時間の公園の表情はぼんやりと色合を失って、歩いても歩いても公園から出られないんじゃないかと思った。全身黒ずくめの服を着た色の白い女が、湿った空気の公園内を黙々と掃いていた。目が合うと口元をかすかに持ち上げて頭を下げるので、私も濡れた顔をハンカチで拭いながらお辞儀をした。頭を上げたところで私は動きを止めた。何匹もの犬を連れた男が公園に入ってきて隅のベンチに腰かける。犬はおとなしく彼に従って歩き、彼が坐ると犬たちも彼の足元でおすわりの姿勢を作った。反射的に数を数えると、茶色や白やぶちや大きいのや小さいのを取り混ぜて十七匹いた。それがすべて舌も出さず鳴きもせず、じっと丸い目を一人の男に向けている。額《がく》でも持ってくればそのままそこにおさまりそうな静かな光景だった。首輪をつけていない犬たちが突然襲いかかってくるんじゃないかとびくびくしてその場を足早に去ろうとすると、

「急がなくても大丈夫だよ」

男が声をかけてきて、そっと振り返った。男はベンチに立ち、笑顔で私を見つめている。ずらりと男を取り巻く犬たちも男の視線の先にいる私をじっと見ている。ぴくりとも動かない。

「この犬ね、全部前は人間だったんだよ」男は続ける。Tシャツの上に長いコートをはおっている。昨日あの集まりに来ていた男のような気もするし、そうでないようにも思えた。「人間だったとき急ぎすぎちゃった人たちね。今はようやく何もしなくてもよくなったから、みんなすごくのんびりしててね、全然攻撃的じゃないの。触っても大丈夫だよ」

そう言われてもずらりと並んでこちらを凝視している犬を撫でる気にはならず、愛想笑いを浮かべてその場を通りすぎた。もし野良犬に生まれ変わったら拾ってあげるから安心してね、と背後で声がして、肩越しに彼のほうを見やると、男は犬たちと視線を合わせている。ときおり腰をかがめ口を犬に近づけて何かしゃべっている。する

と話しかけられた犬も自分の耳をすっと傾けているのだった。半ば走るように公園を抜け出して地下鉄の駅を目指した。砂の中を走っているように足が重かった。

その日はいつものように外で会うことはせず、サダカくんに呼ばれて彼の家に行った。サダカくんの部屋は相変わらずたった今掃除を終えたんだと宣言しているように片付いていた。

「塾の講師、採用が決まってね。来週から始まるんだ」サダカくんはテーブルの上で手を組んで私を見ずに話す。「火、木、土曜の午後なんだけどね」

窓を開け放しているのに風はまったくといっていいほどなく、部屋の中はどんどん熱を持ち始めてコップの氷を溶かしていく。沈黙までが熱を持って身体にまとわりつき、何かを言うために口を開けることも億劫《おっくう》になる。私は黙ったままテーブルの隅においてあるライターとボールペンを眺めていた。それは角度でも測ってあるかのように直線を描いて平行に並び、二、の漢字を描いている。二、に何か意味があるのかと頭の奥のほうで考えていると、

「この前のあれは、いったい何だったの?」急にサダカくんが言い出した。「何かの

会合？　新興宗教とかじゃないの？」

「そういうのでは、ないみたい」

「でも今ね、わからないんだよ。そういうのじゃないふうを装って、どんどん人をくわえこんでいく手口だってあるんだから。これ、あげるよ」

　サダカくんが机の引き出しから出したのは、何かの雑誌のコピーだった。白い紙の上でY子さんやR子さんが「私はこういう手口である新興宗教にひっかかり、これだけの被害を受けました」とこと細かく報告していた。それをじっと読んでいる私にサダカくんは言葉を投げかける。

「この前図書館に行ったときたまたま見つけたから、コピーしてきてあげたんだ。きみってほら、そういうのにひっかかりそうな雰囲気あるでしょ。人の話とか、最後まで聞くほうだし、そういうの聞いているうちに『そういうもんかなあ』って思っちゃう人でしょ。この前きみ、あの変な男から聞いた奇妙な話してたじゃない、車の中で。魂がどうとかいう。あのときちょっとやばいんじゃないかなって実は思ってたんだ。弟さんも、田舎から出てきて、あれでしょ？　あの変な男に電車の中でいきなり話しかけられたんでしょ？　そんなの何かあるに決まってるよ。まあ弟さんは夏休みが終われば実家に帰るんだろうし、そうすればね、ほらご両親も一緒なわけだからとりあえず大丈夫だろうけど、一番危ないのはきみだよ。あの日は平気だったの？　まさか一緒に混じってあいつらの話聞いたりしてないよね？　ぼくがコピーしてきたのはほんの一例で、新興宗教なんて今無数にあるから、それが参考になるかはわからないけど、そういうの読んで少しは知っておいたほうがいいよ。きみは本当にのんきな人だからな」

彼は部屋に満ちている熱気を体内に取りこんでいるような熱心さでしゃべり続けた。いつかのときみたいに声は次第次第に意味をはぎ取られ、紙のこすれ合わさるような音になって耳に届く。彼はうつむいた私を覗きこんでかさかさかさと声を出し続けている。テーブルの上のライターを弄《もてあそ》び、人差し指で弾いた。小さな音をたててライターは転がる。

「ほらあの変な男。ぼくに会ったときも言ってたじゃない。身体のどこかがおかしいんじゃないかって。いい薬を分けてあげるから欲しかったら来いって、それのさ、三枚目に出てるK子さん、それとまったく同じこと言ってるでしょ、悪いオーラが出てるから治療が必要だって言われたって」

かさかさとしゃべりながらサダカくんは私の転がしたライターを元通りボールペンの隣におさめ、再び、二の数字が現われる。

「今日、店長の都合でアルバイトが休みなんだけど、ここに泊まってもいいかなあ」

「いいよ、全然構わないよ。しばらくここにいたっていいよ、きみのうちにいるとあの男がまた来るかもしれないし。あの男と暮らしてる弟さんはちょっと気の毒だけどでも夏休みあとわずかだから、あとはご両親に任せればいいと思うよ。ご両親に電話をして、このこと言っておいたほうがいいんじゃないかな？」

サダカくんはどこかの部品が壊れてしまったようにしゃべり続け、私は声を止めるスイッチを捜すように彼の顔をちらりと見た。彼は目を輝かせ、頬を紅潮させて夢中でしゃべっている。その間私は「こうしてだまされた」Y子さんたちの証言を繰り返し読んでいたが、それに飽きて本棚から適当に本を抜き出した。ぱらぱらめくっているところどころ赤線が引いてあり、その箇所を何度も読んでみた。彼はようやく話をやめて、私の横で新聞を読み始めた。紙をめくる乾いた音だけがねっとりと暑い部屋の中に響いた。それは彼がまだ私に話しかけているように聞こえた。

夕方食事に出かけて帰ってくると、サダカくんはたった今買ってきた新しい煙草の箱を開け、中身を全部テーブルに並べて番号を書き始める。まず黒いペンで一から十までの数字がフィルターに書きこまれ、それから赤いペンでもう一度一から十までが書きこまれていく。そうして一箱すべてに番号を書き終えると新しい箱を開ける。私は彼の正面で、テーブルの上の束になったレシートをいじりながらその無言の作業をじっと見ていた。

「サダカくんは今度生まれ変わったら何になると思う？　犬かな？　でも犬だったらまだいいよね」

そう訊くと彼はぴくりと眉毛を上げペンを持った手を止めて、

「何か飲みたかったら冷蔵庫に麦茶が入ってるから」

と腐りかけのバナナのような柔らかい声を出し、私のばらばらにしたレシートをまとめ、輪ゴムでぱちんととめた。冷蔵庫の中は他人の匂いがした。マーガリンもミネラルウォーターもトマトも几帳面《きちょうめん》に居場所を守っていた。

時計が十二時半を指すとサダカくんは歯を磨き始め、私のために布団を敷いてくれた。暗い部屋に浮かび上がる、蛍光塗料の塗られた時計の数字をじっと眺めた。いつも通り八時半に目覚しがセットされている。針が八時半を指せば明日が来るんだと思って目を閉じるが眠くはなかった。サダカくん、と声をかけ、彼がまだ眠っていないのを確かめ、そうしたいわけではないんだけど、と前置きしてから、いつもここに布団を敷いてくれるけれど私と寝ようと思ったことはないのかと訊いてみた。サダカくんは無言で、寝たふりをしているのかと思ったが、ずいぶんたってから、

「思ったことはない」と答えた。「今の関係が大事だから、それを壊すようなことは考えたくない」と小さな声でつけ加え、おやすみ、とつぶやいて寝返りをうった。

関係、と心の中で繰り返した。永遠に続くと保証された五日おきの関係。会わなかった日々と明日からちゃんと続く日々を確認する関係。その中からこぼれずに、きちんと自分がはめこまれていることを確認する関係。

白い天井を眺めてサダカくんの機械的な寝息を聞いていた。それをじっと聞いていると、暗闇の中に流れる寝息が次第に数字に変わっていく気がした。彼の鼻から出る息はこの部屋の空気に触れ、ボールペンとライターの描いていた二、という数字に、日付けごとに並べられた何枚ものレシートを埋める数字に、いつもレストランで過ごす九十分という数字に、煙草のフィルターに書きこまれた十までの数字に、今日が終わり明日がやってくる数字に変わって部屋じゅうを飛び交っている。それらは、サダ

カくんの定期的な寝息から、指先から毛穴から飛び出してきて、冷たい布団に横たわる私を押さえつけていくようで、枕に差し入れた手がじくじくとしびれ始める。

起き上がって音をたてないようにたんすの引き出しを開けた。白いTシャツと柄もののTシャツがそれぞれ右と左に分けて置いてある。次の引き出しには、柄もののトランクスと白いブリーフがきっちり分けられて畳んであった。引き出しを次々と開けていくうち、急にタカシのクッキーの甘さが口の中に広がっていくのを感じた。それは気味悪く口じゅうに広がり、舌の上に唾《つば》をためたまま私は夢中になってトランクスをシャツの引き出しに、白いTシャツを靴下の引き出しにぐちゃぐちゃに丸めて突っこんだ。色つきの靴下と黒い靴下を組み合わせて畳み、柄のシャツと白いシャツのボタンをかけ合わせて下着の引き出しにしまい、耳を揃えて並んでいるタオルを天袋に投げ入れ、丸めて端を針金で留めてあるベルトをすべてほどいて食器棚にしまった。それでも眠くならないので、著者ごとに並んでいる文庫本を流しの下の棚に入れて、鍋類をクロゼットになっている押し入れにしまい、ハンガーにかかっているシャツやパンツを本棚に置いた。いつも伏せて置いてある客用コーヒーカップでコーヒーを何杯も飲み、一から十まで永遠にナンバーの書かれた煙草をばらばらに吸い続けた。いつも何かを守る番人のようだった部屋じゅうのものは、慣れない場所で居心地悪そうにしている。やがてカーテンがサダカくんの寝顔に薄い青を落とし、どこか遠くのほうから電車の通る音がかすかに聞こえてきた。つぶれた吸い殻でいっぱいになった灰皿を冷蔵庫にしまって私は部屋を出た。

その日から四日たってもサダカくんから電話は来なかった。気が遠くなるくらいずっと続くはずだった五日ごとの日々から見放された私は、アルバイトに行くまでの時間を、床の一部になりすましたように寝転んで過ごした。寝転んだまま、夢を見るように昔飼っていた犬を思い出した。ある日古びた首輪を引きちぎって逃げ出し、二度と戻ってこなかった黒ぶちの犬だ。鎖を解かれ路地を走り、家を見失った犬はこんな気持ちなのだろうか。まぶたを閉じたまま考えた。五日ごとにサダカくんと会うはずの私だけ私の人生から抜き取られたのか、それとも会わない四日間の私のほうが転がり落ちてここに寝そべっているのか、暗い路地と思いきり走る犬を頭に描きながらぼんやりと思う。七日の命しか持っていないはずの蝉は、死んではまた生まれ死んではまた生まれと繰り返すのか、朝も夜もやかましく鳴きわめき、放っておくと蝉と対話している気分になるのでTVをつけっ放しにしておいた。おかげで、扇風機がけだるく空気をかきまわす部屋と油っぽい匂いの漂うアルバイト先を往復するだけなのに、どこそこで爆発事故があったり天ぷらの火の不始末で三棟が全焼したり、だれが逮捕されてだれの不倫がばれたり、ロサンゼルスの警察は寝る暇がなかったり新しいカップラーメンは生麺使用だったりするのを知ることができた。知ることができてもそれらは私にいっさい関係なく流れていき、四角い画面にもし銃撃される私のアパートが映し出されても私は寝そべったまま眺めていたかもしれない。

ずいぶん遠くのほうで電話の音が聞こえる。定期的なリズムでプルルルル、と繰り返している。それは次第に音楽になり、もりあがってきたところで受話器を取った。電話線を潜ってきたのはタカシの声だった。

「三十一日の朝ぼくは帰るんだけど、そしたら明日の夜みんながキャンプファイヤーやってくれるって言うんだ。帰る前におねえちゃんに会いにいけそうもないから、それにおいでよ。恭一さんも来るし、肉も焼くらしいから」

「あんた帰るの?」

「うん、帰るよ。だって学校始まるしね。場所を言うからメモしてね、いい?」

タカシはけろっとして聞いたことのないビルの名前とそこへの行き方を告げた。

「ビルの中で火を焚《た》くの？」

「違うよ、屋上でやるんだよ」

「雨が降ったら？」

「明日は晴れるって。ワタナベさんがそう言ってたから絶対晴れるよ」

明るい声のあとに響き始める不通音は蟬の声と溶け合っていった。


明くる日、ベランダから雲のない透き通った空に顔を向けて、肉も焼くというキャンプファイヤーに行くか行かないかずっと迷っていた。行こうか、やめようかとつぶやきながらシャワーを浴び、TVを消し、リュックの中に煙草を投げ入れ、アルバイト先に今日は休みたいと電話をかけ、昼間の熱を吐き出す闇を封じるようにカーテンを閉めて靴を履いた。鍵を閉める前にふと思い出し、靴を履いたまま部屋に戻ってジャムの瓶をリュックに入れた。

タカシの教えてくれた通り、電車とバスを乗り継いでそのビルを目指した。メモに書いてあるバス停に降り立ったがまったく来たことのない場所だった。私を降ろしたバスが暗闇に押しこまれるようにして走り去っていくのを不安な気持ちで見送った。

メモに顔を近づけて、人通りのない静まり返った住宅街の中を進んだ。道は四方に分かれながらまっすぐ延びていて、道路沿いに並んだどの家にも明りが灯っているのに、似たような家が整然と並んでいるからか、あるいはこのまま行ったら海にでも出られそうなくらいまっすぐ延びた道のせいか、人の息遣いみたいなものが全然感じられなかった。

六つ目の角を右、と書いてあるので四つ角を通りすぎるたび一、二、と口に出した。どこまで進んでもお皿の触れ合う音も笑い声も犬の鳴き声も聞こえてこなかったし、夕食の匂いもつたないピアノの音色も流れてこなかった。まったく音がしないのかというとそうでもなく、私のたてる硬い靴音の合間に、あちこちの家から漏れてくるＴＶの音がまるで何かを話し合うように小さく渦巻いていた。

六つ目の角を曲がると再び直線を描く道路の彼方に線路が見えた。長い電車が小さな四角い光を投げかけて走っていき、その光とかすかな轟音が私をほっとさせた。さらに三つ目の角を曲がると表通りに出、広い通りを車が行き交っている。教えられた「つぶれたガソリンスタンドの隣」にはたしかにビルがあったが、工事中の青いビニールがかぶせられていた。何度もその前を行ったり来たりして、結局青いビニールをめくり、ふいにぱっくり口を開けた真っ暗闇の中に足を踏み入れた。ポケットからライターを出して火をつける。いたずら書きで埋められたコンクリートの壁が浮かび上がり、奥に階段が見える。壊れた椅子《いす》やテーブルや引きちぎられたコードや、元は何だったのかまったく想像できない分解された機材を踏んで奥に進んだ。親指が熱くなって思わずライターを落としてしまい、仕方なく左手を壁に這わせながら階段を上がる。数秒進むと何かが転がる音や割れる音がして、そのたびに左手に力を入れて立ちどまった。左手はたしかにざらざらしたコンクリートを触っているのにその手が見えず、自分がどこを歩いていくのかわからない。ひんやり冷たいその壁から今にもだれかがぐいと引っ張りそうで、思わず中腰になって歩いている。風ではためくビニールのたてる音が、あとを追うようにぴったり後ろについてくる。Tシャツがあっという間に汗で濡れて背中にはりついた。上がっていくと次第に人の声が聞こえてきて、先を急いだ。

ふいにトンネルを抜けたように視界が明るくなり、二十人くらいで固まって騒いでいる人の姿が見えた。頭の上に澄んだ夜空があった。

砕けたコンクリートや雨曝《あまざら》しになった雑誌を踏んで、中央に焚かれた火に近寄った。グループの中からタカシが私を見つけて手を振っている。恭一がぬるいビールを渡してくれる。火のまわりで騒いでいるのは見覚えのある人たちだった。いつか芝生で輪になって坐りいっせいに私を振り返った人たちが、古ぼけたラジカセで音楽を流し、燃える火にそのへんの木材の切れはしを入れたり、坐りこんでビールを飲んだりしている。一度だけうちに来たことのある髪を結った男が紙皿を手渡してくれ、恭一が私を火のそばまで連れていく。髪の赤い女が鉄板の上の肉や野菜を私の皿に入れて、真っ赤に口紅を引いた口でにっこりと笑いかける。ぬるいビールに口をつけてタカシの姿を捜すと、夜空に向かってまっすぐ上るどす黒い煙の向こうで数人の男たちとしゃがみこんで話していた。

「この前タカシのところに泊まったんだってね」恭一が耳元で叫ぶ。「タカシは帰るらしいからさ、空き部屋になるんだけど、住みたかったら住んでいいよ」

「そうよ、慣れると結構楽しいよ、銭湯だって近くにあるから」

恭一の隣に坐った女が顔を突き出し、幼なじみのような馴《な》れ馴《な》れしい口調で話しかけてくる。左隣にいた男も話に加わる。

「みんないるし、場所追われたりすると面倒なんだけど、でもほら大勢だから怖いこともないよ」

恭一は空き缶を片手でつぶし、思いきり投げて煙草をくわえる。

「ここにいる人たちけみんなあの公園に住んでるの？」

「ううん。部屋借りて住んでる人もいるよ」

じっと坐っていると暑くてたまらなかった。雑誌やコンクリートの塊に混じって缶ビールがいくつも転がっていて、それを拾って飲み続けた。火をはさんだ向かい側で、犬を連れていた男が焦げた肉を素手でつかみコートのポケットに詰めこんでいた。さっきまで隣にいた恭一はほかの人たちとコンクリートに横たわってげらげら笑い転げている。煙草を取りにいくとリュックからジャムの瓶が転がり落ちて、つぶれた空き缶に混じる。拾おうとしてかがんだが、私はそれに触れずにもとの場所に戻った。

「ねえ、知ってる？　この近所にある明月っていう焼き肉屋。そこのトイレねえ、異次元とつながってるんだって。知ってる？　そこ」

耳たぶが垂れ下がるんじゃないかと心配しそうなくらいたくさんピアスをぶら下げた男が顔を近づけて話しかけてくる。知らない、と私は答えた。これ本当なんだよだっておれの友達なんかね、と話し続ける彼の息は砂糖菓子の匂いがした。

「じゃあUFOと最近の動物の暴動と関係があるっていうのは知ってる?」紙皿に山盛りにのせた肉を手づかみで食べながら別の男が口をはさむ。「最近あちこちで動物が暴れ出してるの知らない? 鹿が町に下りてきたり、猿が民家荒らしたりしてるの。熊も鶏も豚もいのししも野犬もだよ。動物たちは察してるんだよ、もうすぐ来るってこと」

肉汁と油で汚れた彼の頬を見つめて聞いた。そんな話を聞いてると、そこここで爆発的な笑い声を出したり走りまわったりしている人たちこそが暴れる動物たちに思えるのだった。

鉄板が取り払われ、火は勢いよく燃え上がる。ばらばらに散っていた人たちはみんな火のまわりに集まり、もっと燃やそうと口々に叫んで、木材を投げ入れ始めた。橙色に照らし出された顔が並んで火を見つめている。火は何かをつかもうともがく無数の手のように夜空に炎を噴き上げる。みんなは歓声をあげ、ビニール袋や使い終えた紙皿やプラスチックのトレイまで投げ入れている。だれかが写真でも撮っているのかときおりあたりにぱっと閃光《せんこう》が走り、輪になった人たちの姿がストップモーションで浮かび上がった。そのうち靴下やTシャツが目の前を飛んで炎に包まれている。炎の先から流れる煙はどんどん黒ずむ。何本目かのぬるいビールのプルタブを開け、火を取り囲む人たちを見上げた。汗で顔じゅうをてかてかと光らせ歓声をあげて騒いでいる彼等は何かにとり憑《つ》かれたように炎を凝視し、ずらりと並んで見開かれた目が橙を映して光っている。だんだん酔いがまわってきて、彼等の笑い声が螺旋《らせん》を下るように耳にねじこまれ、一緒に大声を張りあげて笑うのは簡単なことに思えた。隣にいた男の腕を引っ張って立ち上がりかけたとき、Tシャツやジーンズに混じってスクラップブックが火の中に投げこまれた。燃え上がる火の中でスクラップブックは表紙を開き、中のビニール袋があっという間によじれて溶け出し、ミニスカートにプラスチックみたいな脚を覗かせた女の子が黒く染まっていく。立ち上がりかけたまま私はタカシの顔を捜した。頭の上で手を叩《たた》き声をからして笑い続ける男たちの間にタカシは立っていた。無表情な顔が燃え始めていくように赤く染まっていた。

人の合間をぬって彼に近づき、後ろからそっと手を引いた。タカシはおとなしく手を引かれて輪を出てきた。

「明日、帰るのね」

「うん。朝の電車でね」

タカシの顔にはもう表情が戻ってきていた。

「でもまた休みになったら帰ってくるよ、だってもうぼくは自分の家を持っているんだからね」

冬場はつらいんじゃないの、と笑って言おうと口を開けた。しかし自分の耳には別の言葉が届いた。

「あんた本当は知ってたんでしょう。あんたの言う彼女がだれなのか私知ってるんだよ。あんたがあんな有名人とどうやって付き合えるのよ。全部あんたの空想だって知っててわざと言ってるんでしょう? 恭一みたいに、そういうこと言って遊んでるんでしょう?」

タカシはぽかんと私を眺め、それからかすかに顔を歪ませた。幼いタカシが泣き出す前によく見せた表情だった。しかし彼は泣かずに静かに言った。

「ぼくね、彼女と別れたんだよ。彼女はたくさん泣いてたよ。目が腫《は》れて明日の仕事に差しつかえるからって言っても、ずっと泣きやまなくて、どうしようかと思っちゃった。可哀想だったけど、仕方のないことなんだ。これが一番いいんだ。最後には彼女もわかってくれたよ」

　泣き出す寸前の顔でタカシは微笑んだ。後ろで歓声があがり、視界の隅で踊り始める数人の姿があった。

「それも作り話？　恭一だって、あんたのそんな話信じてないよ。嘘だってわかってて聞いてるんだよ」

「嘘じゃないよ」

　タカシは声を張りあげたが、再び巻き起こる歓声にその声は消された。

「十一時半になったらぼくのＴＶを見てごらんよ。かばんの中に液晶ＴＶ入ってるよ。彼女出てるから。目を腫らして出てるから。……でも、おねえちゃんが信じなくたって別にもういいんだよ。もう終わったことなんだから」

　タカシはそう言い残し火を囲む輪の中へ戻っていった。彼の背中がほかの人たちの間に混じるのを見送って出口を振り返った。出口は液体のように黒く口を開けている。そちらに向かって足を踏み出したとき恭一が私の名前を呼んだ。紙コップになみなみと注いだ透明の液体を持ってきて差し出す。口をつけると匂いのきつい日本酒だった。

「ねえ、あんたが言うように魂の町があったんだとしたら、私はどんなところにいたんだろう。どんなところでどんな努力をしたんだろう。あんた、何も知らない？　覚えてるのは自分のいたところだけ？　タカシはあんたの町にいたんでしょ？　私は、私はタカシと一緒じゃなかったの？」

　私は恭一に訊いた。

「これあげようか。あんたも何か思い出せるかもよ」

　恭一はそう言ってポケットから銀紙を出した。その場でしゃがみこみ、煙草の薄紙を器用にほどいて茶色い草を包み始める。じっとその手つきを見守った。

「効きますように、思い出せますようにって念じてなきゃだめだよ」

　恭一は酒くさい息で面白そうに言い、巻き終えた一本を手渡した。

「偽物だもんね」

　火をつけて思い切り吸いこむと、ダージリンティとブラックペパーとパプリカと七味唐辛子を混ぜたような味がして思わず咳《せ》きこむ。口の中にいつまでも嫌な味が残り、匂いの強い酒を流しこみながら吸い続けた。

「どう？　どう？」

恭一が覗く。ビールの空き缶が飛んできて恭一の頭に命中する。向こうで何人かが空き缶飛ばし競争をしているらしかった。私はコンクリートに寝そべって笑い、恭一は頭をさすりながら私を指して笑い転げていた。髪を短く刈りこんだ男が近づいてきて、

「見る？　金歯のあと」

答える前に口を開けて見せる。恭一と一緒に覗きこんだ。見えねえ、と恭一がライターをつける。男は口を開けたまま熱い熱いとわめく、柔らかいピンク色の膜に覆われた口の中で巨大ななめくじのような舌はぴくぴくと動き、その奇妙な生き物みたいな内部に吸いこまれていきそうで、しゃがんだ足に力を入れた。

「腫れてるよ、歯医者に行ったほうがいいよ」

私が言うと男はようやく口を閉ざしてよだれを拭き、

「だめなんだ、そんなことをしたら金星人が困る」

と空を見つめて答えた。金星人が困る、そりゃ困るよねえ、私は身をよじって叫ぶように笑った。笑いすぎて涙が流れてきて、それを見て恭一もまた笑い出す。

寝転んで見上げた夜空に、赤いライトを点滅させて横切っていく飛行機が見えた。

私はそれを指して、

「UFOだ!」

と思いきり叫んだ。あちこちで金切り声に近い歓声があがり、散らばっていた人たちがいっせいに夜空を見上げる。本当だ、UFOだ、やっぱり来たか、口々に叫び、おーいおーいとどなる声が固まり頭の奥でがんがんと響く。頭を押さえて腕時計を見ると十一時半を過ぎていて、彼女の出ているTV番組のことを思い出した。荷物の中にタカシのバックパックを捜したがそれは見つからず、かわりに、私のリュックから転がり落ちたジャムの瓶を大事そうに抱え、しゃがみこんでそれをなめている女の子と目が合った。長い髪で顔を隠すように覆った彼女は私に向かってにっこりと笑い、夜空を見上げた。みんなが騒ぎながら見ている方向を目で追い、人差し指をせわしなく瓶に突っ込みそれを根元まで口の中に押しこんでいる。口のまわりが膿《う》んだように真っ赤に染まっていた。私は彼女から目をそらしてもう一度夜空を見上げた。みんなの歓声を引き連れてゆっくり進む赤いライトは、夜空に溶けそうな三日月を越えてふっと消えた。みんな一瞬声を失ったように辺りは静まり返った。次第にざわめきが広がり、もっと火を焚こうというだれかの提案にのってみんな狂ったように火にものを投げこんでいく。彼等が声を張りあげて交わす言葉はただの騒音になって、嬉々《きき》とした表情で火を囲む彼等は雨乞《あまご》いをするどこか遠くの国の人々のように見えた。

喉の奥がひりひりして起き上がった。いつの間にか眠ってしまったらしく、あたりを見まわすともうすっかり火は消えていて、数少ない星が頭上に見えた。黒く焦げた木材やつぶれた空き缶や紙皿が散乱している中に、みんな息絶えたように倒れて眠っていた。頭の奥がずしりと重たく、もう一度眠ろうと目を閉じかけたとき、錆《さ》びた柵にもたれて空を見ているタカシの後ろ姿に気がついた。

「何してるの」

「もしかしたらまたＵＦＯが戻ってくるかもしれないから」

タカシの背中は答える。私は隣に腰を下ろした。

「みんな寝ちゃったね」

「あんたは眠くないの」

「眠いけど、寝ちゃったらＵＦＯが戻ってきたとき見れないから」

「さっきのあれ、飛行機だったよ」

「違うよ。そんなこと言うと宇宙人にさらわれるよ」

「じゃあ私が起きててあげるよ。もしまた来たらすぐ起こしてあげる」

「そう？　本当に？　絶対だよ。絶対起こしてよ」

タカシはそう言って静かに横たわり、すぐに寝息をたて始めた。彼の見ていた方向を私はじっと見守った。鉄塔の上で小さく点滅する光がそこにあった。

隅に押しやられ、何度も踏まれたのか足跡がついているリュックからジャムの瓶が転がり出ていた。瓶は蓋が閉められていたが中身はからっぽで、薄いピンク色が瓶を汚しているだけだった。倒れて眠っている人の中にジャムを一心に食べていた女の子を捜した。けれど腰まで伸びた髪以外、どんな子だったのかもう思い出せなかった。空き瓶を夜空にかざすと、瓶の中で鉄塔の光が赤く染まってにじみながら点滅を続けている。

次に目を開けたときもう空は白んでいて、形だけの三日月が帰り忘れたように空に張りついていた。転がった缶ビールを見ても、真っ黒な燃えかすを見ても、昨日のことは何一つ順序立てて思い出せない。夜中に目覚めてタカシと交わした言葉も夢だったような気がした。

屋上の入り口まで行って振り返ると、散らかり放題散らかったコンクリートの上でみんなが眠っている光景は、大災害のあとの町みたいだった。白み始めた空が屋上を照らしてもその光はビルの中までは届かず、真っ暗な階段に足を踏み出した。下りていくときは上がってくるときよりもっと時間がかかった。両手を壁に這わせて足で段を探りあてながら進んだ。両手が壁をこする音と頼りない足音だけが暗闇の中に響いていた。

出口が見えた。青いビニールがうっすらと四角く光っている。ビニールをめくるとき、騒ぎ続ける彼等の声がふっと聞こえたような気がして振り向いた。もう一度階段を上がっていけば、目覚めたみんなから再びぬるいビールが手渡されタカシが手を振り恭一が話しかけてくれて、みんなの見上げる中、色のない月の傍らを本物の未確認飛行物体がじぐざぐに通り抜けるような気が一瞬した。しかし振り向いてそこにあるのは黒く塗りつぶされた穴ぼこで、私はビニールを勢いよくめくって表に出る。かすかな風が心地よかった。額の汗を拭い、大きく三回深呼吸して歩き始める。枝にびっしりしがみついた緑の葉がちらちらと光って目に痛かった。

もう一つの扉

ルームメイトがいなくなった。いない、と気づかせたのはアサコの室内履きだった。普段からあまりアサコとは顔を合わせなかったので、たいがい仕事から帰ってきて玄関口にそれが投げ出されていれば彼女は出かけていると、無意識のうちに確認していた。このところ毎晩遅くまで出歩いているんだろうと思っていたが、どうもおかしい。八の字に投げ出された室内履きの位置がまったく変わらない。試しにその上にコーヒー豆を一粒ずつ置いて仕事へ行った。二日たっても五日たっても室内履きの上の点々は、くすんだピンクの布地に小さな影を落としていた。

彼女の部屋のドアに耳をつけたりノックをしたりしてみたが、思いきってノブをまわした。

部屋の中は何もかもが途中で放り出されているにもかかわらず、まるで供花《くげ》の枯れた墓地のように人の息遣いはまったく感じられなかった。

先月号のファッション誌はラグの上で心理ゲームのページを開き、そこには二ミリほど芯を出したシャープペンシルがはさまっていて、覗きこむと途中までAやBやらの選択肢にマルがついている。小さなクロゼットの戸は開いたままで、床に何着も派手な色の服が落ち、ストッキングまでが脱いだままの形で添えられている。机の上には変色した紅茶入りのティカップと緑色の便箋《びんせん》があり、漫画が何冊か積み上げられている。椅子《いす》の背にはバスタオルがかけられ、鼻を近づけると放置された雑巾《ぞうきん》の臭《にお》いがした。ソファベッドの上に広げられた布団はちょうど人が隠れているようにふくらんでいる。布団の先をつまみおそるおそるめくると、しわくちゃのシーツに布団の黒い影が落ちているだけだった。ビデオの電源が入れっぱなしで、イジェクトボタンを押すとジーという音をたててビデオテープが出てきた。ラベルのないテープをもう一度押しこみ、床に坐って再生してみた。ホラー映画が三倍で録画されている。ばらまいたように点々と床に落ちている郵便物を一枚一枚拾った。化粧品とバーゲンセールと絵画展のDMだった。時計の音だけが正確だった。流したままのビデオは、顔を歪ませて大きな窓を叩《たた》く子供の幽霊を画面に映し出している。

自分の部屋からアサコの部屋に電話をしてみた。留守番電話のアサコの声は、旅行に行ってますとは言わず、まるであと二時間もしたら戻ってくるのが当然であるような素っ気ない声で、帰ってきたら折り返しかけるのでメッセージを、と告げていた。アサコは消えたのだと思った。

家を出て最初に一緒に暮らしたのは幼なじみだった。彼女とは小学校から一緒で、高校を出てもずっと親しかった。同じ短大に進み二人で暮らし始めてからは毎日がパーティみたいだった。中学や高校時代、週末になるとお互いの家に泊まりにいって朝まで話しこみ、洋服箪笥《だんす》の中身を全部出してあれこれ着飾ってふざけ、好きなアーティストのレコードをフルボリュームでかけてうっとりとしていた。高校を卒業した私たちは、日曜が終わっても夜が更けて空が白んでも語り笑い合うことができた。リビングにお互いの持つ服や靴をすべて並べてファッションショーをし、アルバイト代を全額アルコールに換え、飲み尽くすまで部屋から出ずに過ごしたこともあった。あのころの週末は永遠にひきのばされ、この日々に終わりがないことを信じていた。

幼なじみに恋人ができてから私たちの生活は変わった。彼女は部屋にあまり帰らなくなったし、二人で空が白むまで話し続けることもなくなった。それから半年で彼女は出ていった。彼女の荷物がすべて運び出され何もない空間を見たとき、さみしさというより足元が柔らかく揺れ始めるような恐怖を感じた。一部屋だけがらんどうで、共同のキッチンもところどころ歯が抜けたようにぽっかりとアンバランスだった。生活するのに必要なものは揃《そろ》っているのに、一人いなくなったアパートは客も売り子もいないマネキンだらけのデパートに一人立っているようで落ち着かなかった。私は急いでかわりを捜した。彼女のあとの同居人はすぐ決まった。短大のクラスメイトだった。それからいつも私はだれかと暮らしてきたが、恋人と同棲《どうせい》を始め出ていく人もいたし、どうやら私とウマが合わず何も言わずに出ていく人もいた。お金がなくなったと近くの実家に帰る人もいた。どんなに短い期間でも一緒に暮らした彼女たちが去ったあとの部屋はいつもアンバランスで、いまにも左右どちらかに傾いていきそうだった。ほかの同居人が見つかるまで、住む人のいなくなった部屋に入りこみ坐ってみると、彼女たちはみんなどこかへ「消えた」ように思える。

それから一週間アサコの部屋を覗き続けたが、まったく何も変わらなかった。彼女の友達とか、家族に連絡をしたほうがいいのだろうかと思いついたが、彼女の身辺のことは何も知らなかった。交友関係はおろか出身地も、仕事場も、年齢でさえ。

日曜日に知らない男が訪ねてきた。背が高くて銀縁の眼鏡《めがね》をかけた男だった。玄関で私を見下ろし、

「ずっとアサコに連絡がつかなくて、どうしたのかと思って来てしまいました」

と彼は言った。アサコという名が耳をすりぬけて宙に浮かんでいる。ああアサコのことですねと発音しながら彼をキッチンへ招き入れた。時間をかけて紅茶をいれ、彼の正面に腰を下ろす。目の前の彼は雰囲気がちょっと変わっていた。彼はねずみ色のスーツを着て大きな花柄のネクタイをしめていたが、会社では会えない種類の男だった。その男が部屋の中にいるとすべての物音が吸いこまれていくみたいだった。まるで陽の差さない森の中に迷いこんだときのような、とそこまで考えて男のことを思い出した。

いつかここでアサコとこの男と三人で朝食をとったことがあった。ある朝頭痛がして会社を休み、昼過ぎにキッチンへ行くとアサコとこの男が食事をしていた。アサコと私は生活時間帯が全然違うためほとんど顔を合わせることがなかったので、まさか私がいると思わなかったらしい二人はきまり悪そうに朝の挨拶をした。ホットケーキを焼きすぎたのでもしよかったら食べない、とアサコがひっそり言った。眼鏡の男が

コーヒーをいれてくれた。カーテンが柔らかく揺れるキッチンで、私たち三人は丸いテーブルにうつむいて腰かけ、それぞれの顎《あご》の下にある月みたいなホットケーキを眺めたりいじったりしていた。子供の声が遠くでにじむように聞こえ、それ以外はまったく静まり返っていて、ああ平日なんだなと思ったのを覚えている。

「アサコはどうしちゃったんでしょうか?」

眼鏡の男が言う。

「私もわからないんです」

「帰ってないんですか、やっぱり」

「そうみたいです」

彼の前に坐って紅茶をすすめた。彼は深刻な面持《おもも》ちで目の前のカップを覗きこむ。琥珀色《こはくいろ》が映りそうなほど白い顔をしている。彼はカップから目を上げずにつぶやいた。

「いつからいないんですか。何も連絡はないんでしょうか?」

「いつからかもわからないんです。あの、私たち、そういうアレじゃなかったもので」

「そういうっていうと？」

「連絡を取り合ったり、相手が毎日いるか確認したり、そういう。あなたに連絡は行ってないんですか？」

「来てません」

そう答える彼の顔はますます白くなり、次の瞬間後ろに倒れてしまうのではないかと不安になった。彼は目だけをギョロリと動かして正面を向き、

「アサコのものは、あるんですよね、ここに？」

と訊く。

「スリッパありましたよね玄関に、すべてがあんな感じです。全部あります」

「あの、あなたとアサコはどんな関係だったんですか？　幼なじみとか、クラスメイトとか」

「知り合いの知り合いの人だったんです。半年くらい前ルームメイトがここを出て、かわりにここに住んでくれる人を急いで捜していたら知り合いが紹介してくれたんです。アサコさんを」

「知り合いというと？」

男は妙に低い声を出した。

「その知り合いと連絡がとれるかということでしたら、とれません」

「それはまたなぜ？」

「話さなきゃいけないんでしょうか」

「ええあの、手掛かりというか、そういうのがまったくないもので」

私はしばらく天井を向いて考えた。

「ややこしい話ですけど」口を開くと彼は白い顔をぬっと突き出す。「その知り合いは友達の恋人だったんです。私以前水泳教室に通っていて、そこでケイコという友達ができたんです。彼女の恋人と私は何度か寝てしまって、それがばれてケイコはすごく怒ったんです。それだけだったらよかったんですけど、彼が私のルームメイトとして紹介したのがアサコさんでした。私は彼とアサコさんがどんな関係だったのか知らないけれど、それ、私と彼の関係がばれて直後のことだったんで、ケイコは彼の女関係を病的な程疑い始めて、結局、彼を田舎へ帰るよう仕向けて、一緒にくっついてっちゃったんです。だから連絡先は知りません」

「変だな」男は眼鏡の縁を両手で押さえて小声で言った。私から目をそらし、おずおずと繰り返す。「変だな。変な話じゃないですか」

「そうでしょうか」

「どうしてそんな切羽詰まって同居人を捜したのかもわからないし、紹介されたって、どんな人となりかもわからずにあなたは一緒に暮らすことができるんですか？」

「ええできます。それにその人のことをよく知らないほうが一緒に暮らしやすいこともあります。盗癖があったりレイプ癖のあるレズビアンじゃなければの話ですけど。そういう風変わりな人は知り合いのつてでは滅多にお目にかかれないもんです」

「じゃあ百歩譲ってあなたの言う通りだとしてみましょう」彼は奇妙な節まわしで言う。

「いくらそんな縁の薄い人とはいえ、同じ屋根の下で暮らしているのに、何日も部屋を空けていて気づかなかったりするものなんですか。それ、変ですよ。話がおかしいな」

　その言葉は気弱そうな彼の見かけとずいぶんかけ離れていたので少し驚いた。気の毒に彼は彼なりに必死で食い下がって、どこかのドラマで聞いたような台詞《せりふ》を口にしているんだろう。が、そうですね変ですねと相槌《あいづち》をうつ気にはなれず、声を震わせ始める彼を黙って見つめた。

　彼はうつむいて繰り返す。

「話がおかしいな。絶対変ですよ。何か隠してるんじゃないですか。本当はあなたアサコとうまくいってなかったんじゃないですか、それで追い出したかったんじゃないですか？」

　声は次第に小さくなり、最後のほうはほとんど口の中でつぶやいていた。彼の言葉は正確にすべて聞きとることはできなかったが、本気で私を疑っているらしいこと、あるいはそれを通りこして憎しみに近い感情を私に抱いていることはわかった。眼鏡の奥の彼の目は、もの静かな風貌《ふうぼう》のどこから集めてくるのか妙な力を持っていて、それを刺すようにちらりちらりと私に向ける。

「私がどうこうよりも、あなたに何か心当たりはないんですか、彼女とのつきあいは私よりも長いわけですよね」

「いえ半年たらずです。心当たりもありません」

　彼の目は急に自信を失い、二、三度遠慮がちにまばたきをした。その瞬間を見のがさず、私はわざと呆《あき》れたように笑い、意地悪く言った。

「何なんですか、あなた。彼女に大金でも貸してたんですか？」

私の視線とぶつかると彼は困ったように口を閉じ、人差し指で眼鏡の縁をこする。私は姿勢を崩さずに彼から視線をはずさなかった。彼の薄い唇は湿った場所を捜すミミズみたいにもごもごと動き、まわりの音を吸いこんだままゆっくり言葉を押し出した。

「そうじゃないんです、だけど僕は彼女を捜さなきゃならないんです」

「彼女、何かヤバイことでもしたんですか？」

彼は何か試すようにちらちらと上目遣《うわめづか》いに私を覗きこみ、かすかに唇の端を持ち上げて笑った。照れているようでも得意がっているようでもあった。そして悪戯《いたずら》を白状するように、

「カッパを見たんですよね彼女と」

とつぶやいた。

「何を見た？」

「カッパですよ、それも一匹や二匹じゃない。数えきれないくらいの」

私と彼はしばらく無言のまま見つめ合った。

「順を追って話しますから、誤解しないで下さいね。僕は正気ですから。

僕は彼女に歯医者で出会ったんです。予約時間がいつも同じなのでしゃべるようになって、それから外でも会うようになったんです。そりゃ彼女は綺麗《きれい》でしたけど、正直言って僕にはほかの女とあまり大差はなかったんですよ。だから僕は彼女についてあまり知ろうとはしなかったし、彼女もしゃべる人じゃなかったみたいでね。退屈といえば退屈で、もう会わなくてもいいかなって思ってたんですよ、実はね」

まるで彼の話を聞こうとするかのように、一匹の蠅が窓ガラスにぴったりはりついている。よく聞こえないのか蠅はそのうち飛びまわり始め、窓ガラスの隙間《すきま》を潜《くぐ》って中へ入ろうかと迷っている。淡々としゃべる男に向きなおると、彼の視線は私を通りこし、どこかずっと遠くのほうに向けられていた。彼の白い顔はだんだん赤味がかかり、まるで左右から大きなライトをあてられているみたいだった。

「それでもうやむやに会い続けて何度目かのとき、映画を見て食事して、結構遅くなってしまったんで彼女をここまで送ってきたんです。駅からずっと歩いてる途中で、この先にちょっといい公園があるから行ってみないかと彼女が言い出して、僕は早く帰りたかったんだけど、なぜかうなずいて一緒に行ってしまったんです。彼女は何もしゃべらず、目には見えないロープかなにかを手繰《たぐ》るようにいくつもの角を曲がっていく。その後ろでぼくは、帰り道が覚えられるだろうかとぼんやり考えていました。そのうち、妙な具合になってきた。何ていうか……空気の感じが変わってくるのを身体がキャッチしたような……濃さ、匂い、肌ざわり、すべてが少しずつ変わっていくんです。あの角を曲がってすぐだと彼女は言い、僕らは角を曲がった」

彼はそこで大きく目を見開いた。窓の外に何かあるのかと思わず私は振り返る。さっきの蠅は窓ガラスに体当たりを繰り返している。

「そこにはさびれた小さな公園があった。公園というよりは、一人の子供も訪れることなく、通りすがりのだれも見向きもしないような荒れた空地でした。今まで歩いてきた道よりも何倍も濃いみっしりとした空気の中に僕らは入りこみ、並んで錆《さ》びたブランコに腰かけました。もともと広い場所じゃないのに、足元には雑草が生い茂っているし、公園を囲む大木は高く伸びて屋根を作っていて、余計せま苦しいその場所で、何かが確実に変だと僕は気づいたんです」

彼はやつぎばやに言葉をつなげていく。舌の上に唾《つば》がたまり飲みこみたかったが、その音が彼の話を中断させるくらい響いてしまいそうで、私は身動きもせずじっと言葉を追った。

「何が変なのかすぐにわかった。見えすぎるんです。目の前の、闇に沈んだ木々や雑草がただの緑の塊《かたまり》ではなくて、枝についた数えきれない葉の形とか、重なり合い具合とか、下から這《は》うように迫る雑草も、その先につながる本当に小さな葉も、茎の曲がり具合も、どんな細かい部分もはっきりと見える、焦点を合わせなくても向こうから視界に飛びこんでくる。その一つ一つが、どんな小さなものでも残すことなく、全部動いてるんです。それぞれが独自の動き方で。まるで違う性質を持った無数の生き物みたいに。そこに生えているすべての緑、よじれたり折れたり枯れ始めたり、目の前で動き続けるすべてが、僕とアサコにこの位置この角度から見られるために育ち、今この瞬間のために完璧な構図を作っているんだと、そう思ったんです。意味なくそこに生えている草なんてただの一つもなかった。そしてはっきりとわかった、アサコと僕が出会いその場所に坐っていることの意味が」

彼はようやく一呼吸つき、私はそっと唾を飲みこんだ。

「何だここはと、彼女に言ったんですよ。彼女はもっと奥を見るように目を細め、口元は何かを肯定するようにうっすらと微笑《ほほえ》んでいました。帰ることとか、彼女ともう会わなくてもいいと思ったこととか、完全に忘れてましたよ」

彼の紅潮した顔が向いているほうをもう一度振り返った。窓の外には相変わらず一匹の蝿とグレイの空があるだけだった。

「そして、僕らはそこで見たんです、カッパを。雑草の生い茂る緑の地面から、緑色の手がふつふつと現われてきて、それものすごい数の手です、それらが全部空《くう》をつかむように揺れながら伸び始めました。そこに坐る僕らに手を振るように。緑の中に、ぽちぽちと赤いくちばしがありました、無数の赤いくちばしが。最初閉じていたそれらのくちばしはゆっくりと開き、何か言うように動き始めました。僕は必死に耳をすましました、だんだん音が聞こえてくる。でもそれはカッパの声ではなく、その場に漂う無数の音だった。葉がこすれ合う音、風にふるい落とされた葉が地面に落ちる音、隣にいるアサコの穏やかな呼吸、小さな虫が羽を震わせほかの葉へ飛び移る音、虫の重みで茎がしなる音……逆に言えばそれらすべてが混ざり合ってカッパの声になり、僕の耳めざしてやってきている。目を閉じて聞いていると、それは僕に向けられたコトバのように思えた。僕は一生懸命それを聞き取ろうとした、トンネルの中で交通情報を聞こうとするようにね。わかるようでいてわからない。そして次に目を開けた瞬間、色が弾けたんです。僕らを包む緑はありとあらゆる色彩に変わり無限に広がり始めた、この世に存在するあらゆる色があの場所に集まってきたみたいな光景でした。色が際限なくあふれる中で数えきれないカッパたちは緑の手を揺らしながら僕らをじっと見ていた。僕らはたしかにいたんです、あの光景の中に。彼女が僕を連れていってくれたんだ」

男は言葉を切り、冷めた紅茶を一気に飲んだ。目を窓の外に向けたまま放心したような表情で口の端を持ち上げ、微笑んだ。鼻の先に香りの強いハーブの葉が差し出されたような気がした。続きを待っていても彼は何も言わない。私は訊いた。

「まあそういうこともあるのかもしれませんけど、その話はアサコさんのどの部分とつながるんでしょう?」

彼はようやく私に焦点を合わせる。赤味がかっていた彼の顔は、ここに入ってきたときのように白く無表情だった。

「僕がどうして彼女を捜さなくちゃいけないか訊いたのはあなたじゃないですか」

「もう一度大勢のカッパに会うため、ですか?」

「違います。僕はあのカッパたちと友達になりたいわけじゃない。ここではないあそこに行きたいんです。ぼくはあのコトバを聞かなきゃならないんです。今度こそ理解できるような気がするんです。アサコとならそれが可能なんだ。僕にとって彼女はほかの女と大差ないだれかじゃないんです」

「私は彼女と暮らしてて、この部屋にカッパが侵入してくるのは見たことなんかなかったけどな」

笑い出しそうなのをこらえて言った。それを聞くと彼は両手でテーブルを思いきり叩き、

「カッパじゃない！　彼女がいるところにカッパが来るとか来ないとか、そんな話をしているんじゃないでしょう」

と声を上げた。テーブルの上でティカップがかちかちと音をたてる。

「あなたにとっては意味のない同居人だったかもしれない、いなくなってもわからないような。でも僕にとっては違うんです。――連絡あったら絶対に教えて下さい。僕の連絡先を置いていきます。今日は、いろいろ、すみませんでした」

最後のほうは消え入るような小さな声で彼は言った。受け皿の上で震えるカップの音も同時に消えた。椅子を引く音が遠くのほうで聞こえた。

顔を正面に戻すと、男のいた場所が人型でくりぬいた空洞みたいにぽっかりあいていた。

キッチンに立って蕎麦《そば》をゆでた。足の裏にはりつくリノリウムは心地よく冷たい。その感触を味わいながら立ったまま蕎麦を食べた。喉《のど》が渇《かわ》き、冷蔵庫を開けるが何もない。アサコの棚《たな》には缶ビールが並んでいて、数秒迷ってから手を伸ばしプルタブを開けた。

男の話を反芻《はんすう》してみる。次第に腹がたってきた。初対面も同然の男に疑われ責められた挙句、三十時間眠って二十五時間目に見た夢のような話を延々と聞かされ、またそれをじっと聞いていた自分も腹だたしい。空き缶を片手で潰し、もう一缶に手を伸ばす。地図を取り出し、近辺の公園に片っ端から印をつけていった。そんなことをしても何もなりはしないのに、何かせずにはいられなかった。そうしているうち何に腹をたてているのかだんだんわからなくなってきて、赤マルだらけの地図を投げ出した。

アサコの部屋のノブをまわすときほんの少し緊張したが、部屋の中にはだれもいなかった。電気をつけると動きを止めた部屋が突然浮かび上がる。床に坐って、やりかけの心理ゲームを覗いた。彼女はバスに乗ったら一番後ろの席に坐るらしかった。家庭教師をするとしたら教え子の左隣に坐るらしかった。解釈のページをめくると、彼女は表現欲求が旺盛で、ときとしてうぬぼれが強くなりがちであり、考え深いタイプであるらしかった。へえ、なるほどねえ、と口に出して言ってみたが、アサコがどんな人だったのかまるでわからなかった。開いた雑誌のページに、黒マジックで彼女の似顔絵を描いてみる。描けば描くほどページの上の顔は知らない女になってゆく。どこのだれだかわからない、しかしたしかにアサコではない顔の女たちがいくつも黒く塗り潰された。

今まで消えていった数人の同居人たちをできる限り順番に思い出してみた。アサコと同様、だれの顔も確信を持って思い出せず、だれもが表現欲求が旺盛であり考え深いタイプであるようにも、また全然そうではなかったようにも思えた。あんなに仲のよかった幼なじみでさえ同じことだった。自分のドアのすぐ近く、もう一枚のドアで隔てた部屋に、私はいつもだれだかよくわからないような女たちを住まわせてきたのだった。

アサコの部屋から暗いキッチンを眺めた。電子レンジのデジタル時計や食器乾燥機の赤いランプがぽつりと明るい。眼鏡男の話した公園をその暗がりの中に思い描こうとしてみたが、それは私にとって恐竜の内臓を想像してみようとするくらい難しい作業だった。話を聞き終えたとき鼻の先に広がった強い香り、むっとするような濃い緑の匂いだけ、かすかに思い出せた。アサコの机の引き出しを片っ端から開けていった。全部開け終わるとクロゼットを覗き、本棚から本を抜きとり、部屋の中の引き出しという引き出しを全部開けた。アドレス帳か何かがないか捜すつもりだったのだが、きちんと並んだ香水の小瓶や石の標本や箱詰めのクリップに目が行ってしまう。香水の匂いを一つ一つ嗅《か》ぎ、くまのぬいぐるみにふりかけ、ラックからずり落ちたワンピースを胸にあてて鏡の前に立ち、CDラックから名も知らぬ歌手のCDを取り出して聴いてみた。

そうしていると幼なじみと過ごした日々を思い出した。まだ小学生だった私たちは双子の姉妹に憧れていた。目の前の相手がもう一人の自分だと確信して、机の下に潜り秘密を打ち明けあい、着慣れない相手の服を着て、相手の家で並んでテレビを眺めた。私たちは顔の似ていない双子になりきった。いや、相手を見るとき、そこに私たちは自分の顔を見ていた。一緒に暮らし、そんな幼い幻想は持たなくなっても、私たちはときおり相手の顔に自分を重ねた。

ある晩、幼なじみの恋人が訪ねてきたことがあった。彼女は帰郷していて、その夜私は彼と寝た。目を開けるたびまるで知らない男の子が視界に入ってきて、頭の先がじりじりするような快感を覚えた。見慣れない相手の服に袖を通し、居心地が悪いながらわくわくする気持ちとまるで同じだった。

アサコの部屋着を着たまま寝転び、写真集をめくっていると空が白く光り始めた。六時に目覚しをセットし、アサコのベッドの中で目を閉じた。自分の部屋とはまるで違う時計の音が耳につく。自分のいた場所とは違う時間を刻んでいるようだった。

アサコのテレビの中でニュースキャスターは、いよいよ梅雨入りですと告げている。あちこち点検し引っ張り出したせいでめちゃくちゃに散らかっている彼女の部屋で、トーストをかじりながら天気図を眺めた。花柄のカップでコーヒーを飲み、彼女のツーピースを選び袖を通す。鏡の前に坐って彼女の化粧品を物色する。どれもこれも高価なものばかりだった。一番高いファンデーションを選んでていねいに塗る。鏡の中の顔は首から上だけ持ってきたみたいに白い。深紅の口紅を塗り紫色のマスカラをつけていくと、目の前の女は見慣れた顔から少しずつ遠ざかっていた。引き出しから光沢のあるストッキングを選んではき、クロゼットからバッグを引っ張り出し、アイロンのかかったハンカチを中に入れ、支度が整ったところでカーテンを閉める。途中でふと手を止め、街を見下ろした。肩を寄せる屋根の上にグレイの空が広がり、細かい雨が降りそそいでいる。植えこみの緑に焦点をあて目をこらした。あの男が言った光景をそのささやかな緑にあてはめようと試みた。細かい雨粒で輪郭をぼやけさせた木々は、薄緑の塊にしか見えなかった。

旅先のホテルで慣れない景色を前にカーテンを引くような気持ちがふとした。

「珍しいわね、そんな色の服着てくるなんて」

さゆりがサンドイッチの包みを広げながら顎で私を指す。身にまとった黄色とオレンジのツーピースと金の縁取りの靴を見下ろし、うつむいたまま私は微笑んだ。すべてのサイズは誂《あつら》えたようにぴったりだった。

「本当。でもそういうのもいいじゃない。どこで買ったのそれ？」

「これね、デパートのバーゲンで太った女と取り合った戦利品なの。それほど欲しくなくてただ手に取ってみただけなんだけど、だってほらこんなの着れるかなって思うじゃない。でもね横からすっと手が伸びてきて、それが悪いけどこれ着てほしくないような女だったからさ、剝《は》ぎ取るようにして買っちゃったの」

口からするすると出る思いつきが、その場面を経験したことのように頭の中で再生させる。

「恥ずかしくて着られなかったんだけど、ここんとこ曇りとか雨とか多いでしょ。なんかぱっとしたもの着て気分晴らそうと思ってさ。まなちゃんもあれ着てきなさいよ、いつだったか渋谷で買ったワンピース」

「ええあれ？　肩がこんなにあくのよ、真っ赤だし」

「いいじゃない、私たち社員じゃないんだもん」

「まなちゃんは牡牛座でしょ？　今週のラッキーカラーは赤だよ」

「だから田中さん赤いネクタイしてたのかなあ。知ってる？　田中さんと経理の岡田、不倫してるんだって」

「このコーヒー酸っぱくない？　もしかして古い？」

「やあねえ、社員のコってコーヒーも入れかえてくれないの」

「私たちがやるの、待ってるのよ」

昼食を終えても、私たちはしゃべり続け、ときおり必要以上に声をたてて笑いあう。大きな窓の向こうで雨は音もなく降り続く。

企画書の清書を頼まれて、曇った窓ガラスを前にずっとワープロに向かっていた。下書きの字はもちろん読めるが、それが何を言っているのかさっぱり理解できず、何度も打ち間違いをして先に進まない。そのうちとてもミートソース・スパゲティが食べたくなってきた。どのレストランとも違う。自分でトマトを潰し気のすむまで煮こんだミートソースをたっぷりかけるあのスパゲティ。清書を頼んだ社員がまだ戻ってきていないことをたしかめて、帰りの買い物リストをワープロで打った。トマト二個、トマトピューレ、たまねぎ、挽《ひ》き肉、にんにく、バジル。それを印刷し、何回も縮小コピーにかけて時間を過ごした。

閉店間際のスーパーマーケットで、人ごみを潜り抜けながら必死で材料を捜したが、あったのは挽き肉だけで、にんにくもトマトもトマトピューレもない。黄色いカゴを下げた私は顔中を汗で湿らせて陳列棚のまわりを往復する。きゅうり、なす、ピーマン、ときてトマトがない。トマトの水煮、ホールトマト、ときてトマトピューレがない。まるでミートソース・スパゲティ禁止令が出されてしまったみたいに見当たらない。焦った表情をした何人もがぶつかっていき、顎の下から汗が滴り落ちる。やがて人の詰まった館内に閉店の寂しげな曲が流れ始める。とっさに近くにあったカップラーメンを手に取り、長い列の最後に立った。

アパートにたどり着くと部屋の前に眼鏡男が立っている。遠くで私を認めると、目を見開き口の端をきゅっと上げる。へろりと白い顔に赤味がさした気がしたが、近づくにつれ彼の顔は筋肉を緩め無表情の白い顔に戻る。バッグから鍵を取り出していると、後ろで、アサコかと思いましたと小さな声で言う。彼はどうぞと声をかけるまで玄関先でしょんぼりと立っている。

「その服、僕が買ったんです」

背中で男の声がする。

「そうだったんですか」

目を合わせず、部屋に戻って急いで部屋着に着替えた。ひどくおなかが空いていたが、彼の前でカップラーメンをすするのは気が引けた。

眼鏡男はこの間坐った椅子に腰かけ、テーブルの上で祈るように手を組んでいる。彼に背を向けてコーヒーをいれた。あんまり静かなのでときおり何気なく振り返って、男がそこにいるかどうかたしかめた。彼は組んだ掌《てのひら》に視線を落としたまま動かずにいる。

「女の人ってそういうもんですかね」

私が席に着くと彼はそう言った。声が少し震えている。

「僕の会社でも毎日毎日女の人は服を替えてきて、彼女たちが同じ服は二日続けて着られないと言うのを聞いたことがあるんですが、同居していた人がいなくなったのに何とも思わずその人の服を着てしまうような、そういうもんなんですかね。ちょっと不思議な感じしますね」

一気に言ってカップにそうっと口をつけた。

「あの、私、二日続けて会社に同じもの着ていっても平気ですし、あの派手な、どちらかというと趣味の悪い服が欲しいと思ってるわけじゃありません」

うつむいて私は言った。空腹のせいばかりではなく、何となくいらいらしていた。

「すみません」男は慌てて言う。「でもあの、さっきあなたが身につけていたものすべてが、バッグも靴も傘もすべて見覚えのあるものだったから驚いてしまって……何と言うか、絶望的な気持ちになってしまって……」

「じゃあの、もしよかったら、全部持っていって下さいませんか。私また深い意味もなく着てしまって、あなたを絶望的な気持ちにさせてしまうかもしれませんので」

いや、と彼は顔を上げて言った。「アサコは帰ってくると思うので、そのままにしておいてほしいんです」

そしてもう一度危険物に触れるようにコーヒーカップに口をつけ、

「連絡は何も、ありませんよね」

小さくつぶやいた。何も、と答えて私たちはうつむいたままカップの中身を覗きこむ。

「あの部屋をああしておいても仕方ないし、私、引っ越してしまおうかなって思ってるんです」

沈黙が果てしなく続くような気がしたので、ふとそう言ってみた。そんなことを考えたこともなかったのに、口が勝手にしゃべっていた。しゃべった言葉が耳に届いてから、それはとても正しいことのように思えた。思いつきの一言に彼は想像以上に驚き、身を乗り出した。

「えっ、それはいつですか、もう決まってるんですか、アサコのものはどうするんですか？」

「あの部屋をあのままにして暮らすのも何だか嫌だし、帰ってこないからって処分するわけにいかないし、今年いっぱいで更新なんですよ、ここは。きっとそんなにすぐ引っ越せると思わないので、荷物のことはその間に考えます」

男があんまり真剣に訊くので、引っ越す理由を無責任に考えてしゃべった。

「アサコの部屋に入ってもいいでしょうか。何かわかるかもしれませんし」

心理ゲームの答えと録画されたホラービデオと積み上げられた漫画本から、彼は何かわかるだろうかと思いながら部屋に通した。あるいは彼女の部屋の窓から見える植えこみの緑からカッパが顔を出し、彼に向かって手を振るだろうか。あのとき彼の聞き取れなかったコトバを赤いくちばしでささやくだろうか。コーヒーカップを洗い、アサコと一文字ずつ発音してみた。食べたことのないものの聞き慣れない名前を口にしたような、乾いた感じが舌の上に残った。

それからも私はときおり彼女の部屋に入り、彼女のものに囲まれて過ごし、彼女の服をはおって会社へ行った。長く降り続く細い雨を、会社の窓からじっと何分も見つめていると、身体がふっと軽くなることがあった。自分と彼女の境界線が限りなく薄くなって、ますます彼女がどんな人だったのかわからなくなり、今まで一緒に住んできた女たちとの区別もつかなくなり、自分と彼女たちがいったいどんなふうに違っていたかもわからなくなり、そして窓の外のグレイの空気にふっと溶けていくような曖《あい》昧《まい》な軽さを感じる。

会社帰りに派遣仲間たちの誘いを断わって不動産屋をまわり、七月中旬に空く部屋を見つけて契約した。引っ越しまであと一ヵ月もあるのに何かせずにはいられなくて、毎日帰り道のコンビニエンスストアに立ち寄って段ボールをもらって帰ってきた。一人で食事を済ませてから使わないようなものを段ボールに詰めていく。何が必要で何がもう使わないのか選別していくのがだんだん面倒になって、中途半端に空いた箱の隙間に、目についたものを入れてしまうようになった。無言でその作業を繰り返していると、閉めきったドアの向こうから電話の呼び出し音がかすかに聞こえ、ときおり床のきしむ音がする。だれかもう一人いるような気がした。名前のないもう一人の住人がひっそりとルールを守って暮らしている。アサコが戻ってきたのかと玄関先まで行ってみるが、室内履きの上のコーヒー豆は依然そのままで、次第に色《いろ》褪《あ》せ始めている。そっと彼女の部屋の前に行き、息を殺してドアに耳をつけ、ゆっくりとノブをまわして暗い部屋に首を伸ばしてだれもいないことを確認する。

フライパンが見つからなかったりブラシが見当たらなかったりして、あちこちを捜しているうちに段ボールの中だと気づく。一つ一つ段ボールを開けてまわって荷物の奥にそれを見つけて取り出す。そんなことを繰り返して一日が終わる。

図書館で借りていた本があったはずだと急に思い出し、仕事に行く前に段ボールを覗《のぞ》いてまわった。最後の箱から出てきたが、返却予定日を調べるため裏表紙を開くと、三年前の日付がスタンプされている。しばらくその本を片手に、三年前の日付を眺めて立ち尽くした。我に返って顔を上げると時計はもう昼近くを指していて、急いで職場の電話番号を押す。途中まで行ったが気分が悪くなって戻ってきた、今日は休ませてほしいと言いながら、ミートソースの材料が見当たらなかった日のことを思い出していた。

一日荷物整理をして過ごした。お茶をいれて一息ついているとドアチャイムが鳴る。ドアの向こうにはもう見慣れた眼鏡男の顔があった。彼はこの前ここを出ていったときと同じように肩を落として入ってくる。コーヒーでいいですか、と彼を振り返ると、彼は泣きそうな顔で散らばった段ボールを見つめ、夜分遅くにすみません、とほとんど唇を動かさずにつぶやいた。

「引っ越し先が決まったんですね」

席に着いてしばらくしてから彼は言う。薄い緑のYシャツが濡《ぬ》れて色濃くなっている。

「ええ。ここからすぐのところですけど。七月の中旬ごろ引っ越せると思います」

「唐突なんですが」コーヒーを差し出した私を彼は見据える。「あなたが引っ越すまでいいんです。彼女の部屋に僕が住んではいけないでしょうか。彼女の分の家賃はきちんと払います」

彼はひどく早口でしゃべり続ける。

「毎日毎日何も手につかないんです。今日は帰ってくるかもしれない、今帰ってきたかもしれない。そう思って、毎日ここへ来てたしかめたくなるんですが、あなただって住んでいるんだし、毎日僕に訪ねてこられたら迷惑でしょう。だったらいっそのこと、僕はあの部屋でアサコが帰ってくるのを待っていたいんです。僕にできることはほかにないんです。僕だって彼女のことを何一つ知らないわけですから。もしだれかがちゃんと彼女の帰りを待っていたら、彼女は帰ってくるような気がするんです。僕と彼女の関係はつまりそういうところで存在するように思うんです」

彼はそこで言葉を切って私の反応を窺《うかが》っている。そうして正面を向いた彼と顔を合わせていると、彼の話したカッパのことが思い出され、彼自身の表情もどこか人間離れしたものに見えてくる。吹き出すのをこらえるため銀縁の眼鏡を見て二秒数え、その向こうにあるガス台を見て三秒数え、棚の上の鍋を一つずつ数えて前を向くと、やっぱり彼は真剣な面持ちで私を覗きこんでいる。

「この間、記憶を頼りに行ってみたんです、彼女と行った公園に。でも全然だめでした。僕のまわりにあるのはただの荒地とどす黒い緑の塊だったし、聞こえるのは通りすぎる車の音とどこかの家から流れてくる野球中継だけでした」

「酔ってたんじゃないですか？　その、そのカッパに会ったときは」

「いいえ」彼は顔を上げる。眼鏡の奥の瞳は大きく見開かれて頭の上の蛍光灯を吸いこむ。

「酔ってなんかいませんよ。酔ってあそこへ行けるなら僕はいくらでも飲みますよ。あなたは見たことがありますか、細かい葉、細い茎、複雑に分かれる枝その一つ一つが各々の生命や運命を持っている、それを実感できる光景を？」

彼は今にも両手を広げてテーブルの上に立ち上がりそうなくらい顔を輝かせている。カッパ教、と心の中でつぶやいて私は話を変えた。

「彼女の部屋に住むという件なんですけど、私は構わないのでどうぞそうして下さい。彼女の荷物のことはあなたに任せます」

彼は昂揚《こうよう》した表情のままありがとうございますと大きく頭を下げた。明日にでもまた来ますともう一度頭を下げて帰っていく。玄関まで彼を送り、ドアの向こうで足音が遠ざかるのを聞きながら室内履きの上のコーヒー豆を一粒ずつ取った。

スナック菓子を食べながらテレビを見た。窓の外の雨音は優秀な指揮者に導かれる音楽のように、強くなり弱くなり、それを繰り返している。アサコの部屋に入り、散らかったままの部屋をゆっくり見渡した。机の上に広げられていた文字の書かれていない緑色の便箋に、ペン立てから万年筆を取り、思いつく言葉を書いた。

引っ越しが決まり一段落しましたが、まるで迷路に入って間違えたドアを開けてしまったような毎日が続いています。毎日が帯のようなものだとしたら、その帯がいつの間にか捻《ねじ》れてしまっていて、その捻れたところを歩いているみたいです。この帯はずっとまっすぐ続いていくのでしょうか。それとも輪になっているのでしょうか。歩いて歩いて、ある日見覚えのある場所に戻っているのでしょうか。今まで住んできたいくつかの部屋を思い出しながらそんなことを考えています。いたはずの人がいなくなり、今までいなかった人がそこに住むと言い、ミートソースの材料がスーパーから一掃され、三年前に返却していなければならない本が出てきて、それらは全部どんな具合にかわからないけれどつながっているような気がします。どんな具合につながっているのか、そこをずっと考えていますが

そこまで一気に書いて万年筆を置いた。もう言葉が思い浮かばなかった。ふと振り返ると部屋の中は、最初にこのドアを開けたときとずいぶん様子が変わっている。もちろん引っ掻《か》きまわしたのは自分であるはずなのに、何だかアサコがもう帰ってきて、いつものように部屋で動きまわり、ちょっとその辺へ買い物か何かに出かけているような錯覚に陥る。そうすると自分で書いた便箋の上の文字も、彼女が書き残していったものに思えてきて、気味が悪くなり破って捨てた。

会社のロッカーを開けると中は空っぽだった。戸をしめて名札を捜すが、灰色の戸にはシールのはがされた跡がうっすら残っているだけだった。空っぽのロッカーを前に立ち尽くしていたが、しばらくして自分のロッカーがその隣だったことを思い出し

た。戸を開け、中に見慣れた傘やカーディガンがきちんとあるのを確認し、安心して
そこにバッグを置く。

「私の左隣のロッカー使ってたのって、だれだったっけ？」

昼休み、久しぶりに出た太陽の下でサンドイッチの包みを広げ、さゆりに訊いた。

「まなちゃんじゃないの」

「そういえば今日休んでるね、彼女」

「ああ忘れてた」さゆりはサンドイッチの間からきゅうりを取り出し、ぺろりと舌に
のせる。「あの子、辞《や》めさせられるんだって言ってた。もう来ないんじゃないのかな
あ」

「なんで？　いつ？」

「ほら人員整理みたいのらしいけど、不景気だから。一ヵ月ぐらい前に聞いてたから
さあ、コロッと忘れてた。あの子も何か言っていけばいいのにね」

気のきいた受け答えが思い浮かばず、

「結局見れなかったね、まなちゃんの肩のあいた、真っ赤なワンピース」

そう言ってはみたものの、何か不自然な感じがした。

「ほんと。見たかったのにな。着てくるって言ってたのにね」

さゆりは真剣に答えた。どうして辞めさせられたのがまなみであって私やさゆりではなかったのか考えてみたが、口に出すのはやめた。背後のベンチに腰かけた女の子たちの高い声が、私とさゆりの中間に入りこんで沈黙を満たす。

「知ってる？　五階の企画に派遣で来てた子、急にクビ切られたのよ」

「私たちだってわかんないわよ。辞めさせられてもさ、次に雇ってくれる会社だってこんな不景気ならなかなかないだろうし」

さゆりはTVドラマの主題歌を歌いながら、苺《いちご》味のチョコレートを口に含む。

「午前中何やってた？　あたしね、女性誌五誌の星占い全部コピーして、射手座の向こう一ヵ月完璧シート作っちゃった。午後あんたのも作ったげようか？　何座だっけ」

さゆりは楽しそうに笑う。苺チョコレートの甘い匂いが鼻の先に丸く広がり、首を振って前を横切る物欲しげな鳩の何羽かとふと目が合う。

五時半に横断歩道の手前で派遣仲間と落ち合った。狭苦しい焼き鳥屋の二階で大きな黄金色のジョッキを合わせる。彼女たちの口からまなみの名は挙がらず、社員たちの悪口と仕事の愚痴《ぐち》が披露される。ふっくらした焼き鳥や毒々しいオレンジ色のキムチを眺めながらテーブルの上で行き交う声を聞いていた。すっと入ってくる涼しい風に振り返ると、空はすとんと色濃く染まり、ネオンに縁どられた東京タワーがずいぶん大きく見えた。

二杯目のビールが届くころには話題は変わり、それぞれが夢中になって男の話を始める。

「あんたのとこはどうなのよ？」

突然さゆりが私を振り向いて訊く。

「どうって？」

「彼氏いるって言ってたよねえ。今度引っ越すんでしょ、彼と一緒に住むの？」

ずらりと並んだ白い顔がすべて私に向けられる。口紅のはげかかった四つの唇がじっと動かずに私を見ている。

「そのつもりなんだけど、でもわかんないわ。よくわかんないような人だもの。この間だってね」と頭に浮かんできたことを片っ端からしゃべる。「待ち合わせにいくら待っても来ないから電話をかけてみたの、そしたら女の子が出て、シゲユキくんなら十分前に出ましたけどだって。あとで問い詰めたら妹だって本人は言い張るんだけど、それじゃあの人には三人の姉と五人の妹がいることになるのよ。声の高いのから低いのから、攻撃的なのからびくびくしたのから、いろいろ個性豊かに取り揃えてね」

四つの白い顔は動かず私に向けられている。頭の奥でちらりと、緑の木々が揺れる。それに気づいた瞬間木々はもう消えていて、フラッシュをたいたあとのような暗闇が広がっている。私は口を閉ざしもう一度その光景を思い浮かべようとする。あの緑は、子供のころ家にあった茱萸《ぐみ》の木か、遠足で行った神社を取り囲んでいた木々か、それとも、眼鏡男がいつか話した光景なのか。しかし考えがまとまらないうちに、さゆりが目の前にぬっと顔を出した。

「その人そんなにかっこいい人なの？　女きょうだいが何人もいるほど？」

「かっこよくはないけど、何ていうの、女に好かれやすいような、妙に色気のある人でね。もし一緒に暮らすのがポシャったらだれか一緒に住んでよ」

それにはだれも答えず、木目の壁に私を見つめる女たちの影がのし掛かるように浮かんでいる。

電車を降りて自分の影を踏みながら帰った。夜空は雲に覆われていて、空気はねっとりと濃かった。さっきまで降っていたらしい雨が道路を黒く光らせている。艶《つや》やかな道路は重苦しい空気に向けてひっそりと冷気を放つ。シャッターを閉めた商店街に人影はなく、見上げると薄い雲がものすごい勢いでぐるぐるとまわっている。そこから灰色の細い腕が伸びてきて、魂をぎゅっとつかんで持っていってしまいそうな夜だった。視線を再び影に戻して歩きながら、アパートのドアを開けたところをイメージしてみた。鍵をまわすと妙に色気のある男がテーブルに坐っていて、お帰りと言う気がしてくる。それは幼なじみの恋人や今までつきあってきた男たちの細部細部を持ち寄ってできあがった、だれにも似ていない男だった。

商店街がとぎれるあたりにある駐車場で足を止めた。普段まばらに停めてある車は一台もなく、かわりに露店が列を作っていた。一つ一つの店先にともる裸電球が、頼りなげな橙色を闇ににじませている。その光に誘われて足を踏み入れた。アジア系の物産展らしかった。しかしこういう露店特有の賑《にぎ》やかさはなく、それぞれのテントの奥に坐った浅黒い肌の男たちはただ静かに、自分の店先に並べたものを見つめている。一つ一つのテントを覗いて歩いた。ぎゅうぎゅうに軒を並べあった露店の作る道は迷路のように複雑に曲がり、見慣れていたはずの駐車場の広さに驚いた。木彫りの象が黒々と光り、薄いガラスの茶碗が埃《ほこり》をかぶっている。ふいに明りがとぎれ、まぶしさに慣れた目にはその奥が、こちらに向けてぱっくり口を開けた深い井戸の底に見えた。最後の店で香《こう》の匂いに包まれて素焼きの笛を手に取り、四千五百円と書かれた値札を見たとき、足元が妙に軽いと気づいた。客が一人もいないのにこんな時間に露店が並んでいるのも変だし、この静けさも変に思える。四千五百円という値札も嘘くさく、またそう思い始めると張られたテントが不自然なくらい低いことに気づく。財布を取り出し笛と五千円札を店の人に渡した。彼は紙袋と五百円玉を黙って突き返すように渡す。もし夢を見ているのなら明日笛はないだろう。そう思いながら帰った。

鍵をまわすと部屋には明りがついていて、人の話し声がする。キッチンで男が料理をしていて、もう一人がテーブルに坐ってにこやかに話している。ぎょっとした。彼らはゆっくり振り向き、お帰りと言う。眼鏡男と修一だった。

「ちょっと、何してるの。家主のいないところで」

「すみません」眼鏡男はガスを止め私に向かって頭を下げる。「今日からこの部屋に住もうと思って来たんですが、ずっと留守で、玄関先で待ってたんです。そしたらこの人が来て」

「君いつもメーターの上にスペアキー貼りつけてるだろ、しばらく二人で待ってたんだけど、この人も気の毒だし開けて入ったんだよ」

修一はつるりとそう言い、食器棚からグラスを出してビールを注ぐ。

「遅かったね。帰りに寄るって、さゆりにわかんないようにサイン出したじゃない、今日」

私は黙って部屋へ行き、時間をかけて着替えた。いやそれが本物かどうかわからないですよ、そういう気分になってただけかもしれないし。本物だって思ってればいいんですよ。二人の男たちの声が聞こえてくる。紙袋から笛を取り出し、掌の中で手触りを確かめて、ベッドサイドのスツールにそっと置いた。眼鏡男と修一と三人でテーブルに坐り、ビールを飲んだ。

「台所勝手に使って、すみませんでした」

小さな声で眼鏡男が言う。

「だってあなた今日からここに住むんでしょう、彼女のかわりに。好きに使ってくれていいんですよ」

「おなか空いたなあって話してたら、この人料理得意だって言うから、頼んで作ってもらったんだ。それで、ねえ、どんな感じなんです？」

「あたりは真っ暗でね、右手に海がざぁっと広がってるんですが、海と空の区別がつかないくらい真っ暗なんです。ふと何か感じて振り返ったら、水平線が光っててですね、その光がだんだん広がってきて、ふうっと出てきたんですよ、水平線の向こうから、丸いものが」

今度は何が出てくるのか、思わず吹き出してしまう私を無視して、初対面の男たちは流暢《りゅうちょう》に話し続ける。私は彼らの顔を交互に眺めながらちびちびとビールをすすった。彼らの何かよくわからない話を聞いていると、口に含んだビールをそのまま飲みこむのがつらくなってきて、口をはさんだ。

「ねえ、スペアキー使うの、もうやめてね」

「え？」修一は私に顔を向ける。「やめてねって、そんなに使ったことないじゃない」

「うん、だから、もうやめてねってこと。いかなる事情のときもね」

「すいません、今日は僕が……」眼鏡男が身を乗り出してくる。

「いえあなたは関係ないんです。あなたにはあとでスペアお渡しします。キッチンのことだけ大雑把《おおざっぱ》に説明しますね。冷蔵庫はこの下二段があなたの棚です。冷凍庫は名前を書いて自由に使って下さい、流しの上の棚は鍋類が入ってます。もちろんあの人が置いてったのも入ってます、右側のがそうです。食器は彼女の部屋にあると思います。コーヒーメーカーは共有です、流しの下が調味料とかお茶っ葉です。彼女のはやっぱり右に寄せてあります」

ここは私の棚で、ここがあなたので……そんな説明を何度繰り返しただろう。一緒に暮らした女たちがそうしたように、眼鏡男も私のあとについてまわり、背伸びしたりしゃがんだりして一つ一つにうなずく。ビールを飲みながら眺めていた修一が、いつの間にか私たちの後ろに立ち、ずいぶん細かいんだなあと声をあげる。

眠る前、ベッドサイドにある笛を手に取って修一はぴいぴいと吹いた。甲高いような柔らかいような中途半端な音がする。

「これどうしたの？」

「帰り道で買った」

「へええ」と短く言ってから修一は新しく買った車の話をする。駐車場代がやたら高いことや、私のまるで知らない性能の話を天井に向かって話す。それから会社周辺のレストランの値段とメニュウについてや、会社で出すサインについて話す。彼の話はどれもこれもシンプルで、じっと聞いていると私の住む場所とはずいぶん遠いところの話にも思えてくる。標高七千メートルの地点で快適に過ごす唯一の方法とか、牛一頭を肉におろすためのうまいやり方を聞かされているような気もした。自分と離れた遠いところの話に耳を澄ませていると、彼がさゆりの恋人だということを忘れる。窓から目をそらし彼を振り返ったら、アサコがいなくなった部屋に気配だけで住んでいたもう一人の住人みたいに、ベッドのきしむ音だけを残して、そこにだれもいないのではないかと思う。彼の話はとぎれ、振り返ると彼は何やら満足気に天井を眺めている。

「ねえ、今まで歩いてきた道がくるりとリボンのように捻れて、いつの間にかリボンの裏側を歩いているように思うことはない?」

「何それ、全然わかんない」

「子供のころ、よくずっと空を見上げたまま歩いたりしなかった? それでふっと目を戻すと、足元がぐらぐらするような感覚、あれにふっと襲われたりしない?」

修一は首をぐるりとまわして私と向かい合う。

「どういうとき?」

「どういうときでも。レストランでメニュウ選んでるときとか、会議室の片付けしてるときとか、とにかくどんなときでもふっと襲われるようなこと、ない?」

「君は若いからねえ」

二歳年上の修一はそう言ってしばらく私の顔を眺めていたが、声を潜めて言う。

「そういうこと言ってると、捕まっちゃうよ」

「捕まる?」

「自分だけが複雑で繊細で生きにくいって思ってるとね、ふっと消えるようにいなくなっちゃうんだよ。高校の同級生にそういうのがいたよ。もともと存在感のある奴じゃなかったけどさ、まずホームルームのときクラスからいなくなる。だれも気づかない。次に体育の時間だけいなくなる。午後だけいなくなる。そしてある日どこにもいなくなる。だれかに捕まっちゃうみたいにさ。いなくなってみると不思議なことに、そいつの顔も名前もどうしても思い出せないんだよね、みんな」

まぶたを半分閉じて、半ば眠りかけたような声で修一は話す。

「その人はどこへ行ったのかな?」

「暇だからいろいろ考えるんだろ、複雑だとか思いつく暇もないような所に連れていかれて、必死で飯食って眠って、シンプルに生きてんじゃねえの」

私はそんなに暇なのだろうか。彼の同級生も暇だったのだろうか。私と見知らぬ男の子が殺伐《さつばつ》とした風景の中で無言でせわしなく食事をしている図がちらりと頭をよぎり、それはかなり面白い場面だったのだが笑う気にはなれなかった。

修一はそれきり黙って目を閉じていたが、動かなくなった。カーテンににじむ月をしばらく眺めてから、私も目を閉じた。

何かとてもいい香りのするような夢を見て、目を開けてからも鼻を動かしてあたりの匂いを嗅いでみる。ベッドの上には青く染まった修一が眠っている。キッチンへ行き、氷の上にオレンジジュースを注いで飲んだ。グラスを揺らすと透き通った音を奏でて氷がぶつかり合う。その音を聞いていると、細い泣き声がそれに被《かぶ》さるように聞こえてくる。耳を澄まして声を捜した。どこから来るのか声はとぎれることなく続いている。

泣いているのは修一だった。ベッドに戻った私の腹の上に足を丸めてのせ、両手を首筋にまわし胸に頭を埋め、小さな声でえーんえーんと泣く。彼の肩をつかんで顔を

引き離し、
「何がどうしたのよ?」
と訊くと、けろっとした顔で目を開け、別に、と答える。暗闇に浮かぶ彼の青い顔に涙のあとはない。それからまた顔をなすりつけ、ひっくひっくと泣くふりを続ける。私は彼の両足を腹にのせ両腕で首を締めつけられたまま、小さな頭を見下ろした。暗い部屋で細い泣き声は続き、修一の肩ごしで露店で貰った素焼きの笛が弱い光に照らし出されている。

明け方目を覚ますと、部屋の中に散らばった段ボールの向こう側で修一が手を振っている。起き上がるのが面倒でベッドの中から手を振り返す。修一はにこにこと手を振り続け、背を向けて出ていく。

引っ越しまでいよいよあと一週間になっても、部屋の中は一向に片付かない。中途半端にものを詰めた大小の段ボールだけが天井に口を開けたまま散乱している。上司に一週間だけ午後出勤にしてほしいと伝えると、すんなりOKされた。一礼して席に戻ろうとすると、ちょっと、君、と呼び止められる。それならいっそ明日から来なくていいよと言われるのではないかとおそるおそる振り返る。それならそれでも構わないと開きなおってデスクに向かった中年男の前まで行くと、君、名前なんだったっけね、と彼は訊く。私の言った名前を彼は間違った字のままメモ用紙に書きこみ、一週間、午後出勤と、と言いながら書き加える。いいよ、やることさえやってくれればね、好きな時間に来て、好きな時間に帰っても。彼はそう言い、遠まわしにクビを宣告されているのかもしれないと思いつつ席に戻った。

次の日からは昼過ぎまで荷物を段ボールに詰めて過ごした。アルバムを入れ、隙間にバスマットとスリッパを詰めこむ。天袋を開けて中に詰まったものを取り出していく。埃まみれの布団乾燥機やガスストーブに混じって古い手紙の束が出てきた。ついほどいて読み返した。年賀の挨拶や失恋の報告や、私をなじったり慰めたりふわふわした愛情を綴《つづ》る幼い文字があふれていた。静まり返った部屋の中でそれらにじっと身を任せていると、床に坐った私は十七になり十になり二十歳になりそしてときおり今へ戻ってくるのだった。中に一通野崎弓絵という差出人の手紙があり、しばらくその名と住所を眺めていたが野崎弓絵がだれなのかまったく思い出せない。手紙を出して広げてみると、薄い青のインクで、長々と文字が連ねてある。差出人は何か重大な失敗を犯してしまったらしく、それをどうやら私に向かって懺悔《ざんげ》している。文字からしてとても幼い感じがする。その失敗によって彼女は今までとは全然違った生活を送らなければならないのだと文字は言う。

あたしたちのいる場所がリバーシブルのリボンだとして、今まで歩いていたところはピンク色だったのに、気がついたら裏の灰色のほうに来てしまった感じです。このままずっと私は灰色のほうを歩かなければならないのでしょうか。それは歩いて歩いてずっと行ったらまたピンクのところに戻るのでしょうか。外は晴れていてもあたしから見ればいつも薄曇りの、何時なんだか全然わからない天気が続いていて、あたしのように悪いことをした人間はきっとこのままそういう灰色の中で暮らすんだと思います。

しまいまで読んでも野崎弓絵のことも、彼女のしてしまったらしい失敗も見当がつかず、手紙をしまって束にまとめた。眼鏡男が部屋から出てきてまな板の上で何かを刻む音が聞こえ始める。ドアを開けて首を伸ばすと、彼はスーツの上にアサコのエプロンをしてねぎを細かく刻んでいる。

自分の部屋にもう段ボールは入りきらず、組み立てた空《から》の段ボールでキッチンはいっぱいになっている。それをよけて流しへ行き、いくつもおにぎりをつくった。たくあんを添え、お茶をいれる。周囲を段ボールに囲まれて、たった一人が坐れるくらいのスペースに正座し、黙々とそれを食べた。遠くで子供のはしゃぐ声がする。ボールの跳ねる音がする。まるで自分が金魚鉢にすっぽり納まっているみたいに思わせるにじんだ声が近づき遠ざかり、また近くへ来て私を驚かせる。

眼鏡男の部屋の扉が三センチくらい開いているので中をそっと窺った。

昼過ぎまで荷造りをする毎日を送っていると、眼鏡男がいつも部屋の中にいることがわかる。きちんと閉め忘れたらしい扉の向こうで、彼はスーツ姿のまま散らかった部屋の床に坐りこみ、じっと窓の外を眺めている。そんな彼の後ろ姿を見ると、いつか彼が話した、生命に満ちあふれた木々が頭の奥にちらちらと浮かび、思わずドアを開けて彼の背後に立ち、一緒にその視線の先を追ってみたい衝動にかられた。部屋から出てきた彼とたまたまキッチンで顔を合わせると、彼はいつか見せたあの輝くような表情ではなく、相変わらず青白く、しかも憔悴《しょうすい》したような顔つきで、きまり悪そうに笑いネクタイをいじりながら小さく挨拶する。冷蔵庫の彼の段から肉や野菜を出し、彼女の鍋で料理をする。彼女、帰ってきませんね、と思い出したように口を開く。どうでもいいような気分でそうですねと答える。私はレトルトのカレーで、彼の食事は八宝菜とサラダだったりする。黙って向き合い違うメニュウを頬張っていると、長い間空を見上げて歩き足がぐらぐらする感じをふと思い出した。彼が彼女と行ったあの公園の話を、数えきれない小さな葉がいっせいに独自の動きを繰り返す話を、彼が頬を赤くしてまた話し出すのを私は待っていた。しかし彼は何もしゃべらず定期的なリズムで箸を動かす。彼がものを咀嚼《そしゃく》する音だけが部屋の中に広がる。彼の肩ごしに、カレンダーを支えていた画鋲《がびょう》のあとがはっきりと見える。その小さな一点に、部屋中の音がすべて吸いこまれてしまったように静かだった。

三センチから見える男は花柄のネクタイを片手で握りしめ、乱れた髪をそのままに正座していたが、ふと立ち上がる。反射的に顔をそらしておにぎりを頬張った。男は部屋から出てきて、沢山《たくさん》の段ボールに囲まれて坐っている私に軽く会釈をし、表へ出ていった。

頭のてっぺんがじりじりして上を向くと、窓にはめこまれたような太陽が部屋の中を照らしている。子供の声はいつしか聞こえなくなり、かわりに秒針の音が響いてい

る。眼鏡男はYシャツの袖をまくり上げ脇に段ボールを抱えて帰ってきた。私と目が合うと、

「今度の土曜ですよね引っ越しの日。僕も出る準備をしなくちゃと思って」

と言って眼鏡の縁を片手でさすっている。そうですねと返事をするが、彼はまだ何か言いたげに私を見下ろしている。もしよろしければどうぞと、並んだ白いおにぎりを指した。

「じゃあ遠慮なくいただきます。話があるんです」

彼は段ボールを抱えたまま、空の段ボールをよけて真ん中のスペースに入ってくる。私と向かい合って正座し、つやつやかなおにぎりを一つつかんで口に運ぶ。

「仕事、何してるんですか?」

あんまり静かなのでさして興味もないが口を開いた。

「今は何もしていません」彼は人差し指についた米粒を舌ですくい、そう言って笑顔を作る。

「今度のところは、どんなところなんです?」

「近所です。コトブキ商店街を、逆に行くんです。ここよりはもう少し駅から近いか

な」

「間取りはどんなですか？」

「ここと似たようなもんです」

「またたれかと暮らすんですか？」

「そのつもりでいるんですけどね、同居人も部屋も気長に捜すつもりだったのに部屋のほうが早く決まっちゃって、仕事先でも同居人捜してるんですけどなかなかいないんですよね」

「あの」眼鏡男は掌についた最後の塊を頬張り、飲みこんで言葉をつなぐ。「もしよかったら、僕が彼女の荷物を持ったまま、一緒に引っ越しちゃいけませんか？」

私はしばらく彼を見つめた。

「それならそれで構いませんけど。まだ同居人はいないわけだし、家賃のことだってあるし。だけど一緒に引っ越して、あなたはどうするんですか？」

「待ってるんですよ、荷物と一緒に」

見掛けからしてどこかびくびくしたところのある彼が、いやに自信たっぷりに言うのでつい笑いそうになり、急いでうつむきお茶を喉に流す。

んですけど」

「だめでしょうか？」

「いいですよ、それでも。出ていくときだれかかわりの人を見つけてくれると有難いんですけど」

「あなた、まるでアサコが百パーセント帰ってこないみたいに言うんですね」

何と答えていいかわからず、表面の乾いたたくあんをぽりぽりと噛《か》んだ。荷物と一緒に待っていると眼鏡男が言っても、私には彼が「何を」待っているのかもうわからなくなりかけていた。失くしたはさみや、見つけられない文庫本と何のかわりもなかった。

二時きっかりに赤い制服を着た若い男の子たちがやってきた。三人いたがその区別がまるでつかないくらい彼らは似ていた。三人は汗をだらだら流しながら小さく小分けされた段ボールを次々に運び出していく。ときおり仲間内で私のわからない言葉を使って作業の確認をしあっている。どんどん空になっていく部屋にその声だけが響く。

部屋はあっという間にがらんどうになった。

冷蔵庫や食器棚のあった場所だけ壁が白く、どこか間の抜けた感じのする部屋で、私と眼鏡男は黙って立っていた。彼女が帰ってきたとき困らないように引っ越し先をポストに貼っておくのだと、彼は白い紙に大きく新しい住所と地図を書いている。彼が熱心に書いている間自分の部屋に行って、白い壁に囲まれた何もない空間を眺めた。ここへ引っ越してきたとき、やっぱりうっすらと濃淡の残る何もない部屋に自分の荷物を運び入れたときのことを思い出そうとしてみるが、何も思い浮かばない。

トラックが発車するのを見送ってから空を見上げると、空は奇妙な明るさで光っていた。薄い青地に桃色の帯が幾筋も流れて、連なる屋根に近づくにつれ帯は紫がかっている。デッキシューズの踵《かかと》をふんづけたまましばらく空を見上げていた。桃色の一番薄い部分にすうっと自分が溶けていきそうだった。隣に立つ眼鏡男を覗いた。彼はその複雑な空の色の中に何かを捜すように、レンズの中の目玉をきょろきょろと動かしていた。

「へえ、寺の隣ですか」

眼鏡男にそう言われて初めて、アパートの隣に小さな寺があることに気がついた。新しいアパートへは何回か足を運んでいたのにどうして気がつかなかったんだろうと、その寺の前で立ち止まる。縁起がいいんじゃないですか、と彼は笑ったが、住宅街の中の寺はまるで昨日一晩で現われたような、周囲と溶け合っていない感じがした。

運びこまれた段ボールを分けてから、缶コーヒーを買いにいった。釣り銭の十円だまを掌の中で転がして、寺に入ってみた。隣の仏様だかお釈迦《しゃか》様だかに挨拶しておくつもりだった。黒い鉄の門を通り、ゴミの一つも落ちていない、曇った日の湖のようなコンクリートに足を踏み入れた。しかし賽銭箱《さいせんばこ》などどこにもなく、想像していたぴかぴか光る祭壇もない。ぴったり閉ざされたサッシと、その向こうにモスグリーンのカーテンがあるだけだった。

小銭を持て余したまま門を出た。黒枠に墨で、今月のことばと寺の名前が書きこまれている。きょういちにちがあなたのいのち。いちにちいちにちをたいせつにいきる。平仮名ばかりの達筆な文字を、私は何度か繰り返して口の中でつぶやいた。

私と眼鏡男はそれぞれの部屋を決め、お互いの部屋に閉じこもって段ボールを開け続けた。電話をつなぐと五分後に鳴り出した。修一からだった。

「引っ越しおめでとう」

「うん。今どこ？　家？」

「ううん。外。寄ってもいいかな？」

「いいよ。ゴミ袋と、あとお菓子買ってきて。嚙むと音がするようなの」

「わかった。じゃあ八時ごろ」そう言って声は消える。

八時きっかりに修一はコンビニエンスストアの袋を持って現われた。口の開いた段ボールと、中から取り出したもので狭められたスペースに入ってくる。窓から差しこむ明りだけの、薄暗がりの部屋の中で修一のシルエットは突然侵入してきた強盗にも思える。

「電気、つけないの」と訊く声で彼が修一本人だということを理解する。

「つけられないの。そういうの得意だったらつけてよ。箱のどれかに電球とかさが入ってるから」

「うん、じゃあ、あとで」

私たちは膝《ひざ》を突き合わせてビールを飲み、スナック菓子を嚙み砕く。車が通るたびに部屋の中は照らし出され、向き合って坐る二つの影が壁に大きく映る。

駅から近くていいとか、前より感じがいいとか、窓が大きくていいとか、いろいろ新居を褒《ほ》めたあとで、蕎麦食いにいこうと修一は言い出す。

「髪もぼさぼさだし、疲れてるから行きたくない」

「じゃあ出前頼もう」

蕎麦屋の出前表を捜すのに二十分かかり、眼鏡男の分も頼むかどうかで揉《も》めて十分かかり、蕎麦が私たちのもとまで届くのに三十分かかった。

まだ開いていない段ボールに占領された真新しいキッチンの床に坐り、眼鏡男も交え三人で蕎麦を食べた。薄い暗闇の中で蕎麦をすする三種類の音が響く。床もシンクもガス台もぴかぴか光っている。突然どこか遠くのほうで、おーいおーいと呼ぶ声がする。私たちは箸を持つ手を止め、顔を見合わせる。もう一度おーいおーいと声は呼ぶ。修一が立ち上がってベランダに行く。何気なく時計を見上げるときっかり九時を指している。まるで野良犬の遠吠《とおぼ》えみたいに声は細く続く。戻ってきた修一に、

「何ですかね？」と眼鏡男が訊く。

「さあ、ベランダからは何も見えないけど。猫か子供でも捜してるんじゃないですか。いや、違うな、きっとアレだな。新興宗教だな。でも声はずいぶん遠いし、大丈夫ですよ」

おーいおーいと、たった一人の声はしばらく続いてぱたりとやんだ。窓の外を見る

と急に静まり返った暗闇が一層濃い。私たちはもう一度顔を見合わせ、またうつむいて蕎麦をすすり始める。

だいぶ夜が更けてから、段ボールを開きカーテンを取り出す。カーテンにくるまれていた素焼きの笛が床に転がり落ち硬い音をたてる。薄い布地を滑って小さな笛が視界に躍り出た瞬間、手触りになじみのない他人の記憶がぽっと飛び出してきたような感じがした。それをベッドサイドに置いてカーテンを吊《つる》す。穏やかな風にカーテンはゆるやかに揺れ始める。

夜中に修一の泣き声で目を覚ました。修一はまた私にしがみつき、子供のようにわざとらしい声をあげて泣いている。泣き声の中で目を開け、片付けのすんでいない部屋を寝惚《ねぼ》けた目で見渡す。

「何なの、いったい？」

修一はまたけろりとした顔で私を見上げ、

「別に」と答える。

「そうやって、さゆりのところでも泣いてるの。変に思われないの？」

修一は何も答えない。泣き声も一時停止だ。頭が冴えてきて話題を変える。

「さゆりに何か感づかれたりしてないでしょうね、私やだからね、面倒なこと」

「うん平気。全然平気」

蒸し暑くて窓を開け放つ。修一は入ってくるぬるりとした風に顔をあてていたが、また小さな声で泣き真似を始める。じっと見ていると片目を開け、

「だいじょうぶだいじょうぶって、背中叩きながら言ってよ」

と偉そうに言う。

「だいじょうぶだいじょうぶ」

言われた通りそう言いながら背中を叩いてやった。修一は何ともいえない心地よさそうな表情を浮かべ始めた。私は修一を揺り起こし、

「それ、私にもやってみて」と言う。

修一は私のパジャマから顔を上げ、額《ひたい》の汗を拭きながら、

「じゃあ泣きなよ」

と私を見下ろす。修一の汗ばんだ首に腕をまわしえーんえーんと口に出してみた。修一はすかさずだいじょうぶだいじょうぶと背中を叩く。何だか馬鹿らしいような気もし、何度だいじょうぶと言われても一向に大丈夫である気にはなれなかったのだ

が、修一はこうしていつもさゆりに背中を叩いてもらい甘い声で大丈夫とささやかれ、そしてとりあえず何かがしっかりと大丈夫な気になって日を送っているんだなと想像した。そう想像することで少しだけ何か大丈夫なような気持ちになってきて、暗闇の中で彼を安心させるさゆりと安心していく修一を思い浮かべながら泣き真似を繰り返す。二人が不幸な子供のようにぴったり寄りそう光景は、私をも不思議と安心させるのだった。きょういちにちがあなたのいのちという黒い文字や、昼間見た奇妙な空の色や、失敗を懺悔する見知らぬ女の子の手紙や、ぼうっと白い冷蔵庫のあとが、だいじょうぶという声と溶け合いぐるぐると頭の中を渦巻いて、その渦をゆっくり下っていくように眠りに落ちた。

朝早く修一はいつものように手を振りながら帰っていった。修一がドアを閉めるころにはもう目を閉じて眠りの中にいた。

買い物にいった帰り道、何人もの喪服《もふく》の男女と一緒になった。蟬《せみ》の声の中彼らは言葉を交わさずずっと私の前を歩いていく。長い行列の一番後ろで、歩調を合わせて歩いた。あんまりずっと一緒なので、黒い服の彼らがそのまま私のアパートの階段を上がっていくような気がした。アパートの隣の寺へと進んでいく黒い行列から一人とり残された私は、門の前に立てかけてある大きな看板の前に立つ。そこに書かれている名前が自分のものだということを理解するまで数秒かかった。白い看板の上で私の名は黒々と光っている。門にへばりついて奥を覗いた。黒い服の人々の向こうに、白い菊に囲まれて笑う初老の女のモノクロ写真がちらりと見えた。しかし喪服の塊の一番後ろに立つ女の姿が母親に似ていて、思わず私はコンクリートに足を踏み入れる。受付の男が普段着の私を怪訝《けげん》そうに見ている。私はあわてて足を引っこめ、背を向ける。アパートの鍵をまわすとき、香の匂いが鼻をついた。

修一の買ってきたスナック菓子の残りを噛みながら、本を本棚に納め、服を押し入れにしまい、ストーブを天袋の奥に押しこんだ。窓のすぐ外で蟬が鳴きわめいている。空いた段ボールをつぶしてまとめ、手を休めて時計を見ると長針がかすかに動いて九時を指す。それを待っていたようにおーいおーいと声が聞こえ始めた。おーいおーい。カーテンを開け、闇に目をこらす。濃く染まった木々がゆらりゆらりと揺れている。おーいという声に応えて蟬が思い出したように鳴く。人と蟬の声が一瞬一緒にとぎれるとあたりは静まり返る。声がどこから聞こえてくるのかわからなかった。四方の闇を這ってくるようだった。その声の中、黒い服を着た人々が黙りこんだまま行列を作って帰ってゆく。ベランダから寺の門は見えなかったが、黒い人の列はずいぶん長い間続いた。夜空に響き渡るおーいという声がまるで聞こえないように、それぞれまっすぐ前を向いて遠ざかっていく。二分ほどして、声はやんだ。蟬の声だけが、行列の後ろ姿に呼びかけるように闇に残った。

十二時をまわってから段ボールを捨てにいき、黒い門を閉ざした寺を覗いてみた。看板の、私とまったく同じ名前はいやに堂々と私を見下ろしている。ときおり風がビニールの張られた青い花輪の表面を流れ、乾いた音を鳴らしていた。缶ジュースの自動販売機だけ、興奮しているみたいに輝いている。一瞬見た老女の顔を思い出そうとしてみるが、頭にぼんやりと浮かぶのは、白い菊に囲まれた自分の顔だった。それはさっき見たばかりの老女の顔よりも自然に頭に浮かんできた。それを一生懸命追い払い、黒枠の中に老女をあてはめようとするが、胸の奥がむずがゆくなってきて、走って部屋に戻った。

眠りいる直前に妙に近くでかちゃりと音がして目を開けた。電気をつけてから水道を捻る。コップで流れ出る水を受けてそれを飲み干す。鍵をまわす音から、それらの音はしなやかに続く。壁をへだてた隣の物音だということはわかったが、まるでこの部屋でそれら一つ一つが行われているようなクリアな音だ。耳をすまして天井を見つめた。隣の住人は留守番電話を巻き戻している。もしもしアソウです。ちょっと訊きたいことがあったんだけど、留守ならいいや、またかけるね、ピー、午後六時四十七分、ちょっと近くまで来たのでかけました。留守なら帰ります、ユカリでした、ピー、午後八時六分、何だよテメエ、かけろって言ったのそっちじゃん、なんでいないんだよう、もういいや、じゃあな、ピー、午後十一時五十二分。テレビをつけ、煙草《たばこ》に火をつけ、思いきり煙を吐き出し、雑誌をめくる。

ここは鉄筋のはずなのにどうしてこんなによく音が聞こえてくるんだろう。目を閉じて部屋を満たす物音を聞いていると、見知らぬだれかが煙草をもみ消したりチャンネルを変えたりするのが目に浮かんでくる。やがて電話の呼び出し音が鳴り始める。

ああごめんね、昨日帰ってなくてさ、訊きたいことって何？　うんうん、さあ……あさってじゃないの。壁を通り抜けて入ってくるのはかすれた女の声だった。ああ昨日はね、彼氏んとこ。うーんわかんないや。あたしはそのつもりだけど、でもわかんない。何だかよくわかんない人なんだもん。この間だってね、待ち合わせにいくら待っても来ないから電話をかけてみたら、女の子が出たの、コバヤシクンはまだ寝てますけどだって。

抑揚のない声を聞いているうちうとうとしかけたが、その緩んだ意識でこれはいつか聞いたことがあると思いつく。だれがしゃべっていたんだろうとぼんやり辿っていくと、それはついこの間自分の口から出た言葉とまるで同じだった。

これは夢かもしれない。鍵をかちゃりとまわす音から夢の中なのかもしれない。しかし、額を流れる汗はひどくリアルに冷たい。聞くまいとしても耳に入ってくる声をできる限り追いはらい、眠れ眠れと自分に命令する。やがて受話器を置く音が聞こえ、小さな鼻歌とともに足音は部屋の中を歩きまわり、引き出しを開け、何かを取り出す音が聞こえる。自分はここで動かずにいるのに、ひとりでに水を流す水道や勝手に動く引き出しに囲まれて眠る気分だった。

あくる朝起きたのは昼近かった。慌てて会社へ向かう。昼休みを終えたさゆりたちとエレベーターで一緒になる。五階に着く間彼女たちは今食べてきたランチセットがどんなにひどい代物だったか口々に訴えてくる。彼女たちに混じってデスクに向かう。だれも私が遅れてきたことには気づいていない様子だった。あるいは、午後出勤の一週間が過ぎたことを忘れているのか。どちらにしても注意をうけないことは私にとって都合がよく、新聞をスクラップするふりをして四コマ漫画を読みふける。

焼き鳥屋の二階で私たちはジョッキを高く持ち上げて乾杯する。隅にこの間はなかった扇風機が首をまわしている。

ねえグレープフルーツダイエットって知ってる？　何それ、あんたこの間はゆで卵ダイエットって言ってたじゃない。昨日カードの支払い請求が来てて、十万超えてた。彼氏は元気？　うまくいってる？

窓を打ち続ける雨音のような絶え間ない彼女たちの声と、定期的に差しこまれる笑い声がだんだん遠のいていく。身を乗り出してテーブルに肘《ひじ》をつきジョッキに口をつける女たちが徐々に色を失い始め私は目を閉じる。次の瞬間、まぶたの裏に私が見たのは一面生い茂る鮮やかな緑だった。今まで見たどんな光景よりも、目を閉じる一瞬前に視界にあった枝豆やキムチやコーンや女たちの艶やかな口紅よりも、生々しく鮮やかで、そして美しかった。すべて違う数えきれない種類の緑……完璧な構図……眼鏡男の声が口にする言葉を一生懸命思い出そうとする。しかしまぶたの裏の木々はみっしりと動かない。風が吹かないものか、この動きを止めた葉をいっせいに動かしてくれないものか、焦って額に汗がにじむ。

　どうしたの、眠いの？　声が近づいてくる。目を開けたくなかった。目の裏の光景を失いたくなかった。ほら引っ越したばかりだから、彼氏も一緒なんでしょ？　新居。昨日がんばっちゃったんじゃないのお。やあねえ。遠くで笑い声が起こる。そのざわめきに乱されるように緑の木々は輪郭を歪《ゆが》め始める。消えていく光景を懸命に追うが、その葉一枚一枚の動きを見分けることが、私にはできない。だれかが私の肩をつかみ、だいじょうぶ？　と揺する。目を開けた。白っぽいファンデーションをてりと輝かせた女たちが視界に入りこむ。肩をつかんでいるのはさゆりだった。

「だいじょうぶだいじょうぶって、言ってよ」

　さゆりは怪訝そうな顔で、どうして？　と訊く。

「さゆりの声って説得力があるじゃない。だいじょうぶって言われればそういう気になるなあって思って」

　私は笑う。さゆりも笑う。白い顔の女たちもあいまいに笑う。

　帰り道コンビニエンスストアで眼鏡男に会った。レジに並んでいた彼は私を見ると照れたように笑い、遅いですねと言う。彼は私が会計を終えるのを待っている。仕方なく彼と歩調を合わせて自動ドアを出る。彼が黙っているので私が口を開いた。

「今日も聞こえましたか？　おーいおーいって声」

「ええ、九時きっかりに」

彼は表情は変えずに答える。眼鏡の縁がちらちらと街灯を反射している。それきり話題が見つからなくなった。四つ角を曲がり川沿いを二人で歩く。低い垂れ下がった三日月を拭うように灰色の雲が流れていく。彼は急に歩調を緩め、

「もう諦《あきら》めたほうがいいんでしょうかね」

と思い出したように言った。

「怖いんですよ、僕は。アサコのことを忘れそうになるのが、怖いんです。アサコという名前さえ忘れそうになるんですよ。突然そういう恐怖を感じて、とりあえずそのへんの紙切れにアサコと書いておくんです。することもなく僕は一日アサコという文字を眺めている、するとその三文字が僕の中の彼女と限りなく切り離されてただの平たい文字になっていく。頭の中がぼんやりしてくる。彼女と過ごした日々の思い出が、実はだれかにインプットされたもののような気がしてくる。そう考えていると事実そんな気もしてくるんですよ、歯医者で彼女に会ったたって言いましたよね、あの歯

医者にもう一度行ったらそこはただの空き地だったりするんじゃないか、なんて思うんです。そうすると、女物の服、化粧品、女の下着、そんなものに囲まれて暮らしている僕はただの変質者のような気すらしてくるんです」

彼はまた私から視線をはずし、川べりの柵にもたれかかり、低く流れる川を覗いて切れ目なくしゃべる。彼の白い顔に川の流れがちらちらと映り奇妙な表情を作り出す。

「きっかり九時に、おーいと声がしますよね。あれ聞いてると、あの声の主も、新興宗教なんかじゃなく、忘れたくないだれかをずっと待っているように思えてくるんです。ふいにいなくなってしまっただれかを、毎日忘れないようにおーいおーいと呼んでいる、そんなふうに聞こえませんか？　できることなら僕も毎日同じ時間に、アサコアサコと呼び続けたいくらいです」

「そんなにまでして忘れたくないものは何でしょうね？　だってあなたが忘れたって、だれも咎《とが》めやしませんよ。帰ってきたらまた思い出せばいい、そんなに悩むことのようには思えませんけど」

彼は両手で柵をしっかり握りしめ、その場にしゃがみこんだ。大きな丸薬を無理に飲みこむように顔をしかめる。顔の上でちらちら揺れる青い光よりも強い表情を浮かべる。今飲みこんだ薬を吐こうとするように口を動かし、何て言えばいいんだろう、と、つぶやいた。そのまま歪んだ顔を膝に埋めて泣き出すかと思ったが、彼は言葉を続ける。

「覚えてますか、僕の話を。でも全然違うんだ。公園とかものすごく鮮やかな緑とか、地面から這い出そうともがく何百もの緑の手とか、そんなんじゃないんだ肝心なのは。世の中の穴ぼこみたいなあの公園で、彼女の隣で、僕ははじめて色を見たんだ、何かがぱん！　と音をたてて僕の中で弾けたんだ。出口を示す扉を見たんだ——言葉は嘘だな、言えば言うほど違ってくる」

彼は膝に顔を埋めたまま言葉を切った。緑の川には帯状の月が映っていた。彼は放心したようにゆらゆら揺れるその光を眺めていたが、柵を握っていた手をほどき、ゆっくりと歩き始める。

隣の寺にはまた黒縁の看板が立てかけられている。「故高畠一朗儀葬儀」と書かれていた。

「お葬式が多いですよね、このお寺」

彼の後ろ姿に言った。

「沢山人が死んでるんじゃないですか」

白いYシャツは振り返らずに答える。そうではなく、ここは普通の寺なのか、それとも葬祭場なのかを話題にしたかったのだが、彼があまりにも沈んだ声を出すので、そうですねとあいまいに答えて後ろを歩いた。

眼鏡男はいつもの静けさを背負ったまま自分の部屋に消える。

暗い部屋でテレビを見ているとまた隣の住人が鍵をまわす音が聞こえてくる。テレビの中で大勢の人が笑ったり、賑やかなコマーシャルが流れ出したりすると音は紛れていくが、それらがふっと消えると隣の物音は待ち構えていたように部屋の中へ侵入してくる。テレビを消し、音をたてないようそっと床に横たわる。暗い部屋に見知らぬ人のたてる音がいっぱいに広がってゆく。目を閉じるとその音に取り囲まれる。ふわふわと飛ぶたんぽぽの綿毛みたいに隣の部屋に吸いこまれてしまったのか、隣の住人が私の部屋で生活しているのか、私の耳が異常に発達してしまったのか。そんなことをとりとめもなく考えているうち眠ってしまった。

カーテンを開けるとどんよりした空は何時かわからず、仕事にいくのに気が進まない。ワイドショーを見ながら支度をし、駅に向かう。キオスクで薄荷《はっか》味のガムを買い、改札の前で立ち止まる。もしかしてこのまま黙って休んでも何も言われないかもしれない。昨日だって遅刻していった私をだれも気に留めなかったのだ、一日いなくてもだれも気がつかないのではないだろうか。小さな窓から空を眺め、雨が降っていないことを確認して定期をしまう。そのまま階段を下りた。スーパーで買い物を済ませ、商店街の喫茶店でコーヒーを飲み、図書館へ行った。ゆったりしたソファで雑誌をめくっていると雨が降り出した。細かい水滴が大きな窓に次々と張りついていく。向かいの席でグレイのスーツを着た男が熱心にスポーツ新聞を読んでいる。この人もいつものように改札まで行って、曇り空を見上げて気が進まなくなり、このまま黙って引き返してもきっと大丈夫だろうと想像し、そして連絡なしで休んでしまったのかもしれない。ソファに沈みこんで眠るスーツ姿の男もいた。きっちり化粧をしてケリーバッグを膝の上にのせ本を読みふける女もいた。隅で宙を見つめている浮浪者ふうの男もいた。紺のスラックスをはいた学生もいた。そうかそうか、と心の中でうなずく。私だけではないのだ。

「すみません、もう閉館致しますので」

声をかけられて雑誌から顔を上げた。ショートカットのきれいな女が申し訳なさそうに私を覗きこんでいる。すみません、と立ち上がりあたりを見まわすと、私と彼女以外だれもいない。広い館内の電気はすべて消され、私たちの上の蛍光灯だけがついていた。長い影を引きずる彼女に見送られて外へ出た。雨はもうやんでいた。

ポストに貼られた転居先を見て、もうここから引っ越したんだと思い出した。かつて自分の住んでいた部屋には明りが灯《とも》っている。今ここに住んでいないというだけで、何一つ変わっていないことに驚いた。アサコの不在も、修一の泣き声も眼鏡男も、数々の段ボールと一緒にトラックにつめこんで場所を移動しただけだ。引っ越すたびに必要のないものは、それが古いラジオだろうと幼なじみとの思い出だろうと簡単に捨ててきた私にとって、こんなことは初めてだった。そこから逃げ出すように背を向けて足を速めた。

商店街のとぎれるところの駐車場で、停まった車の間に小さなライトが光っている。いつかの物産展のことを思い出しコンクリートに足を踏み入れる。ぽつんと灯ったライトに近づいていくと、明りの下にいるのは眼鏡男だった。広げたビニールマットの上に洋服やら食器やらが並んでいる。眼鏡男は小さな折り畳み椅子に腰かけ、表情のない顔でそれらの品物を眺めている。

「何やってるんですか？　いったい」

思わず出した大声に彼はびっくりして顔を上げる。彼の傍《かたわ》らに置かれた電気スタンドが彼の白い顔を照らし出す。

「ああ、こんばんは」

「何してるんですか？　こんなところで」

「売ることにしたんですよ、アサコのものを」

そう言われて足元に目を落とすと、それらはたしかに彼女の洋服であり、彼女のアクセサリーであり、彼女の本だった。

「昨日話したら少し楽になったんです。整理がついてきました」

「ああ、そうなんですか」

「ええ。いつか彼女とこういうの見たことがあるんです、どこかの教会のバザーだったかな。それ思い出して、捨てるのは忍びないし、それに今日夕方から坐ってたんだけど、思ったより売れるんです。お金が欲しいわけじゃないんです、ただ、彼女の着ていた服や使ってた食器をほかの人が着たり使ったりしてくれるなら、何ていうか、彼女があちこちに点在して動きまわり始めるような気がして」

彼は照れたように笑い、くしゃくしゃのハンカチで額の汗を拭う。

「僕が忘れたころにアサコ本人が戻ってきたとしても、さっとまた出会えるでしょう」

話している間に二人連れの若い女が来てしゃがみこみ、ビニールマットの上に積まれたものを掘り返し始める。彼は口をつぐんで彼女たちをじっと見つめる。一人が赤いニットを持ち上げて、これはいくらなの？　と訊く。百円ですと彼は答える。

「うそ。そんなに安いの。じゃあこれは？」

もう一人がモスグリーンのツーピースを引っ張り出す。

「二百円」

「ええ、冗談でしょう。だってこれアライアよ？　知らないんじゃないのお兄さん。それとも霊かなんか憑《つ》いてるの？」

二人は声を揃えて笑う。彼女たちからかすかにアルコールの匂いが立ちのぼる。

「霊は憑いてないと思いますよ」

「このバッグは？　こっちは？」

これは、これはと訊く彼女たちに、彼は歪んだような笑顔で百円、二百円とどうでもいいように答えていく。彼女たちは大笑いし始め、かなりたくさんの服やバッグを手に、

「明日目が覚めたらこれ全部消えてるんじゃないのお」

「違うわよ、葉っぱか何かに変わってんのよ」

大声で話しながら闇に沈んだ車の向こうに消えていく。彼の傍らで古びたジェネレーターが絶え間なく鈍い音をたて続けている。

「どうですか。あなたも何か買いませんか？」

彼は口の端を持ち上げて笑う。私をまっすぐ見上げる白い顔に首を振り、背を向ける。おやすみなさいと後ろで声がした。

寺の前を通ると、看板に書かれた名前が変わっている。波多野重吉と書かれてあった。

次の日に出社すると、予想通りだれも何も言わなかった。社員は何かの競技のようにせわしなくフロアを歩き、電話を取り、椅子を近づけて話し合って笑い、再生されたビデオテープのように見慣れた光景だけが私を迎えた。上司の机の上には私の名前

と一週間午後出勤とメモされた紙が置かれたままで、彼と目が合うといつもと何の変わりもなくかすかに笑って目をそらす。さゆりたちすら何も言わず、私の服を褒め、自分たちの服について語り、お昼どきには次の飲み会の日にちを教えてくれた。そうして一日行っては一日休む日が続く。給料日に銀行へ行きおそるおそる通帳を機械に滑りこませると、いつもと同じだけの給料が振りこまれていた。

会社へ行かない日も私は窓から隣の寺を覗いてみた。ただ前を通りたくて、用もないのに外へ出て寺の前を通った。

意識してみるとその寺で行われる葬式が実に多いことに改めて気づく。看板を黒く染める文字が、午前中は滝本治だったのが昼過ぎには業者が来て花の一輪も残すことなく片付け、夕方には高田大五郎になっている。キッチンには柔らかい香の匂いが遠慮なく入りこんできて、いつも私を厳粛な気分にさせる。

明りの灯った寺の奥には黒と白の、あるいは青と白の幕が張られ、受付が用意され、ときどきは室内に飾られた祭壇も遺影も見えた。寺の前には黒い服を着た人たちがいつも輪を作っていて、その中を一人色つきの服を着た私はゆっくりと首を伸ばして歩き、墨で大きく書かれた故人の名前と遺影を結び合わせる。花輪の贈り主の名も一つ一つ読んでいく。葬式の行われていない日はなぜかがっかりし、静まり返った寺に背を向けて歩いた。

葬儀のため寺の門に掲げられた名前はどれもこれも死ぬのが当たり前だったような、生まれ落ちたときから死ぬことだけを待ち焦がれていたような名前に見えた。たとえ遺影をはっきり見ることができても、生きていたときの波多野重吉や滝本治を想像するのは難しかった。その名前が輪を作る喪服姿の人々に囲まれて笑ったり怒ったりしていたようにはどうしても思えないのだった。

ゆっくりそこを通りすぎ、買い物を済ますと何となく商店街の切れ目まで行って駐車場を覗いた。眼鏡男は毎日部屋から荷物を運び出しているようで、広げている女物の服やバッグはいつも山盛りだ。スーツ姿の眼鏡男は積まれた品物の後ろに坐り、うちわで顔をあおぎながらじっと品物を見つめている。人だかりがしていることもあったし、彼一人老いた犬みたいに背をまるめてぽつりと坐っていることもあった。声をかけずに物を売る彼の姿だけを確認して部屋に戻った。

ある夕方修一がビールをたくさん抱えてやってきた。

「嫌だなあ、あれ、丸見えじゃない」

開け放った窓に目をやって彼は言う。彼の視線の先を追うと、寺の門の前で業者が葬儀の受付や何かを設置していた。

「いつものことよ。ほとんど毎日お葬式やってる。そういう場所みたい」

「へえ。普通の寺じゃなかったんだ。よくこんなところに引っ越す気になったなあ。あれなの？　家賃安いの？」

修一は引っ越しの日にこの部屋を褒めたことをまるで忘れたみたいに呆れて言う。

「どうして」

「だっていつも葬式やってるってことは、いつも隣で死体が出たり入ったりしてるってことだろう、それが台所の窓から丸見えで、いい気持ちしないじゃない」

「死体が出たり入ったりしてるのなんて見たことないけど」

彼は窓を閉めて椅子に腰かけ、

「腹減ったなあ、何か食べるものない？　クーラーつけてもいい？」

とせわしげに訊く。買い置きしていたお菓子のパッケージを破いて目の前に広げ、クーラーをつける。

「結婚することにしたんだ、今度」

グラスのビールを一息に飲み干すと、修一はわざとらしく声を落として言った。

「へぇえ。さゆりと?」

「ううん。別の子と」

「さゆりといつ別れたの?　さゆり何も言ってなかったけど」

「あ、そう。何も言ってないんだ。よかった、君たちの集団怖くてさ。女ってそういうことするだろ、一人の子かばって集団無視とかさ。いろいろ仕方ない事情があったんだけどなあ。それでね」

とポテトチップを大量に口に押しこみ、ばりばり嚙み砕き、指を一本ずつ丁寧になめる。

「おれが言うのも何なんだけど、これからちゃんとしようと思うんだ。だからさ、君とももう前みたいに会えないよ」

音をたててグラスをテーブルに置き、彼は思いつめたような表情で言う。私は思わず笑い出した。

「大丈夫だよ、結婚するの責めたりしないし、無視もしないから。そりゃ私たちときどき会ったりしてたけど、そんなちゃんとした関係じゃなかったじゃない。そんなことわざわざ断わりにきたの？　私に？」

「何が悪いとかだれが悪いとかそういうことじゃないんだ、まあ悪いといえばおれが悪いんだけどさ、でもそういうことでもないように思うんだ。こういうのってさ、流れとかタイミングとかさ……さゆりにはちょっとかわいそうだったけど、でも『かわいそう』なんて変だよね、これでよかったようにも思うんだ」

修一は私の言葉を聞かずに絶え間なくしゃべった。彼の話はいつものようなシンプルすぎる遠い呪文のようなものではなかった、たどたどしくまわりくどい彼の言葉は意味のない「だいじょうぶだいじょうぶ」にとても似ていて、私は彼の口から漏れる一つ一つの言葉を落とさないように耳を傾けた。

彼がようやく言葉を切ってグラスに口をつけたとき、私は彼に訊いた。

「ねえ、今までで見た一番綺麗な景色って何？」

話題を変えられたことに彼は少しだけ不機嫌な表情を見せたが、

「香港の夜景」

とすぐ答えた。そして話を続ける。

「式挙げるのは来年になるけど、もう決めたから、おれ。ちゃんとするんだ。だから今日がもう最後。今までありがとね。きみも人の恋人なんかとつきあってないで、いい人早く見つけなね、若いんだからね」

「それってだれと見たの？」

「それって何」

「その夜景。一番綺麗なの」

「だれだっけな……さゆりじゃないの」

「ふうん」

そこで話はぷつりととぎれ、私たちは黙ってグラスのビールを飲み続けた。やっぱり九時きっかりに、おーいと声が始まる。叱られているようにうつむいてビールを飲みながらその声をじっと聞いていた。修一もじっと聞いていた。

その夜修一は前みたいに泣くふりをしなかった。ベッドで仰向けになりかすかに口を開けて眠った。隣の住人は一時過ぎに帰ってきていつもみたいに水を飲み、煙草に火をつけ、チャンネルを三回まわしてククク、と笑い声をあげた。修一は何一つ漏らさずに伝わってくる明確な物音に何の反応もせず寝息をたてていた。ほのかにアルコールくさい息を吸って私も目を閉じる。

明け方耳のすぐ近くで物音がするので目を覚ました。隣の物音だろうと思ったが、修一が帰り支度をしているのだった。朝起きるとなんで口の中くさいのかなあ、歯みがいて寝てもくさいよなあ、と独り言を言っている。私が見ているのに気づき、

「じゃあまたね、元気でね」

とささやく。

「ずいぶん早いね」

「一回帰って着替えて会社行くから」

「もう会わないのに『また』はないでしょ」

「だって会社で顔合わすじゃない。じゃあね」

そう言って手を振りながら出ていく。玄関の戸が閉まる音を聞いてから、起き上がってキッチンへ行った。窓を開けるとまだ夜空がかすかに残っていて、涼しい風が額を撫《な》でる。薄く青い空気に光る花輪の前を修一が通り過ぎていくのを、私はしばらく目で追っていた。

寒くもないのに両腕に鳥肌が浮き上がっていることに会社の自動ドアを潜ってから気づき、両手で腕をさする。汗ばんだ額に手の甲を押しつけると、ぬるりとした油の

ような液体が手の甲を濡らす。エレベーターに乗り五階を押す。ドアが閉まりかけるとき二人の女が走ってくるのが見え、私は急いで開くのボタンを押した。すみませーんと言いながら彼女たちはエレベーターに走りこむ。おはようございます、と彼女たちは頭を下げて五階のランプを見守る。髪の短いほうが着ているものに見覚えがあった。黄色とオレンジのツーピース、いつか私が袖を通したことのある服だ。両手で腕をさすり掌の中に無数の小さな突起物を感じながら、それ、もしかしてコトブキ商店街のはずれの露店で買ったの？　と、馴《な》れ馴《な》れしく声をかけそうになる。声を出してしまう前に髪の長いほうが口を開いた。

「よかった、間に合って。急行乗れなくて、もうアウトかと思った」

「あたしも乗り損ねたの」

息を整え、二人は顔を見合わせて笑う。甘い香水の匂いが四角い箱の中に広がる。

「あれ、いいじゃないのその服。珍しいわね、そんなの着るの」

「ああこれ、バーゲンの戦利品なの。買うつもりじゃなかったんだけど、ちょっと手に取ってみたら横からデブの女が引っ掻くようにつかんできたからさ、奪い取るようにして買っちゃった、あの女が着るよりマシだと思って」

彼女たちは鈴を転がすように笑い合う。エレベーターは五階で止まり、髪の短い女は開くのボタンを押したまま、どうぞと私に声をかける。私の後ろで二人も下り、何かを楽しそうに話しながらロッカールームに消えていく。彼女たちにたしかに見覚えがあるのに、だれなのかがまるで思い出せない。振り返るとエレベーターが四角い口を開けている。蛍光灯に照らし出された人のいない箱の中に、吸いこまれるように入った。軽い振動を味わいながら一階に戻る。押されるようにエレベーターを下り、自動ドアを潜った。

そのまま午前中の街を歩いた。花屋が店を開け、大きなバケツに入った色とりどりの花を軒先に並べている。ガラスばりの喫茶店ではぱりっとしたシャツを着た男の子が大きなパラソルを広げている。パン屋からは香ばしい香りが漂い、ブティックの店員がワゴンを引いて空を見上げる。太陽は明るさを増しそれらの光景を歪ませて見せる。メニュウを表に飾っている喫茶店に入り、アイスコーヒーを注文した。人通りのまばらな道路を通る車の数を数えた。アイスコーヒーの氷が溶けてときおりたてるからんという音に、いちいちびっくりしてグラスに目をやった。

バッグからボールペンを出し、紙ナフキンに意味のない数字をたくさん書いた。隣り合った数字どうしどんどん足していって、それが三桁で終わってしまうと、もう一枚に夕食のメニュウを書き上げる。氷が溶けてアイスコーヒーが半透明に濁り始めたのをたしかめて、喫茶店を出た。

帰り道に商店街のはずれの駐車場へ行ってみた。しかしそこに眼鏡男の姿はなく、まばらに車が停まっているだけだった。奥のほうで人の笑い声がし、私は駐車場に足を踏み入れる。白い車の裏で三人の子供が輪をつくってしゃがみこみ、花火をしていた。日の暮れ始めた薄闇の中で細い光がぱちぱちと弾け、子供たちは白い煙の中で意味のない笑い声をあげ続ける。弾ける光は白から金色へ、紫へ青へと色を変えていく。子供たちは火が絶えないように次々と新しい花火に火をつける。むせかえるような火薬の匂いを嗅ぎながら、頭の中に入りこんでくる公園をぼんやり眺めていた。たった一度眼鏡男が見たという公園。数えきれない色のあふれかえった場所。土の下に何百ものカッパを眠らせている場所。何度も現われて消えていったその光景は今私の中でしっかりと動かない。一人の子供が火のついた花火を片手に走り始める。細い光が駐車場へ流れる。坐った二人は手を叩いて喜んでいる。

彼の見たその光景を、私もこの目で見なくてはならないと強く思った。その場所へ行かなくてはならない。はしゃぎ続ける子供たちに背を向け、走るように駐車場を出た。

眼鏡男の部屋の前に立ち、ドアに耳をつけてみた。ひんやりした感触を伝えてくるだけで、ドアは無音で立ちふさがっている。ドアを何度か叩くが何の返答もない。ノブに手をかけ、そっとまわす。

開いたドアの向こうは、何ひとつない、がらんどうの部屋だった。引っ越す前に下見にきたときの、あるいは同居人が去ったあとの、人の住んでいない湿った匂いがした。そのまま音をたてないようにドアを閉め、自分の部屋へ行って窓を開け放ちベッドに横になった。ベッドサイドに置いてある素焼きの笛が目に入る。窓から差しこむ薄い月の光を吸いこんでかすかに光っていた。手を伸ばし両手でそれを握りしめる。買ったときと同じようにそれは硬く、冷たかった。その冷たさが、ここがずっと夢からさめた場所なのだと教え続けている。

汗で湿ったワンピースの布地が背中にべったり張りつく。着替えるのも面倒で、そのまま目を閉じる。目を閉じたのと同時くらいに隣の住人が帰ってくる。鍵を開け、クーラーをつけ、留守番電話を巻き戻し、冷蔵庫からパックのジュースを出してコップに入れずに飲み、手紙の封を開ける。まぶたの裏で見知らぬ女が動き続ける。煙草に火をつけ、深く吸いこみ、手紙をまるめてゴミ箱に投げ捨てる。

おーい、と遠くで呼ぶ声に、私は上半身を起こした。おーい、おーい、声は続く。靴を履き、暗闇の中に出た。周辺のアパートやマンションの、白やオレンジに光る窓をすりぬけて声はやってくる。じっと耳を澄まし、声の方角をたしかめた。声が消えてしまわないうちに、声の元へたどり着きたかった。川沿いの道を、細い糸をたぐりよせるように走った。次第に声は大きくなってゆく。もうすぐだ、もうすぐだと思ううちにぷつりと声はとだえ、無音の闇が私を取り囲む。細い糸は切られ、私はそこで立ち止まる。右手に硬い感触を感じて手を開いた。湿った掌に、夢中で走った私を笑うように笛があった。突然やんだ声のかわりに、暖かな夕食の匂いが闇を伝って届く。カレーやシチューや焼き魚やみそ汁の匂いが混じり合ったような懐かしい空気につつまれて、私は柵にもたれ川の中を覗いた。

低く流れる暗い川に、小さな赤がすっと横切り、私は思わず目をこらした。金魚だった。束ねたシフォンのように柔らかく浮かぶ緑の水草の間を、器用に潜りまた現われて流れていく。たった一匹の小さな赤は迷うようにちらちらと泳ぎ続ける。柵を握りしめたまま、下流へ向かう金魚をずっと目で追った。金魚はやがて見えなくなったが、川はどこまでもどこまでも続いている。水面に街灯を反射させ、黒く白く輝きながら続いている。重ね合わせた三面鏡のように終わりがない。

その向こうの川沿いを、一組のカップルが歩いていくのに気がついた。目をこらすと、男の後頭部に見覚えがある。あれはたしかに眼鏡男だ。一緒にいる女はだれかと暗闇に目をこらした。二人は街灯の真下を通りすぎる。髪の長い女は顔は見えなかったが、着ているものに見覚えがあった。モスグリーンのツーピース、アサコの部屋にあった服だ。しかしあれは、眼鏡男が駐車場で酔った女に売ったのではなかったか。彼らは何かを熱心に話しながら、川沿いをまっすぐ歩いていく。小走りにあとを追った。川の向こう側とこちら側をつなぐ橋は見あたらず、いくら歩いても追いつけない。まるで私があとを追うのを知っているように、二人は足早に彼方の光に向かって歩き続ける。身体の芯がちりちり音をたてて燃えるように熱くなってきて、私は大きく口を開く。しかし声は出なかった。呼ぶべき彼の名前が見あたらなかった。彼らは私に背を向け、声を出せず立ち尽くす私から遠ざかってゆく。

穏やかに川は流れ、水の中で石が転がる音が聞こえそうなほど夜は静まり返っていた。遠くで魚がはねあがり、ゆるやかな風に葉がこすれ合う。遠くどこかの道路で鳴らされた車のクラクション、通りすぎる救急車、一日のできごとを報告する子供の声、巣へ帰る鳥の呼び声……私を取り囲みぐるぐると渦巻き始める音の中で、そのどんな音にも負けないように声を張り上げる。

「おーい、おーい！」

彼らは振り向かない。

「おーい、おーい!!」

声は光を集めた川面《かわも》を彼方まで滑ってゆく。彼が振り向くのを待って、何度も何度もおーいと叫んだ。振り向かない二人にいらだち、右腕にありったけの力をこめて、握った笛を放り投げた。ねっとりと暑い夜の闇を裂くように笛は大きく弧を描き、音をたてて川に沈んだ。

彼はふと足をとめ、ゆっくりとこちらを振り向く。女が誰なのか、もうどうでもよかった。暗闇に消されそうな彼の横顔に私は必死で表情を捜した。はるか遠くを見るように細めた目と、どこか得意気に微笑む口元が見えた。対岸に立つ私に気づいたのか彼は右手をあげ、左右に振り始める。闇の中でそれはまるで穏やかな風にしなる枝にも見えた。

ギャングの夜

　斜めに陽の差しかかる下駄箱で靴を履き替えて出ていくと、門のところにおばが立っている。赤いコートのポケットに両手を突っ込み、ランドセルを背負って目の前を過ぎていく子供たちをつまらなそうに眺めている。一緒にいた友達に手を振って、私は彼女のところまで走った。よう子ちゃん、と彼女の名を呼ぶ。おばは私を見つけてにっと笑いかける。薄いおばの唇から漏《も》れた息は煙草《たばこ》の煙みたいに白く、ここで煙草を吸っていたのかと思うが、彼女の足元に吸い殻はない。いつも持っているのとは違う小さなボストンバッグがあるだけだ。今日はラーメンだろうか買い物だろうかと考えながらおばを見上げる。

「福引きで、温泉旅行あたったんだよね」

　私はおばの足元のボストンバッグをもう一度見た。

「行かない、一緒に？」

「今から？」

「明日日曜でしょ、明日の夜に帰ってくればいいじゃない」

「このままの格好で行くの？」

「必要なものがあったら途中で買えばいいよ」

「おかあさん、なんて言うかな」

「ああ、最初おかあさん誘ったんだけどね、忙しくて行けないからあんたを連れていったらって言ってたの。了解済みだから」

しばらくのあいだ、長く伸びたおばの影を見つめて考えていた。すぐにでも行くと答えたかったが、おばはよく嘘をつく。ひょっとしたら母親はこのことを何も知らないかもしれず、そうだったら帰ってきたおばと私は叱られるに決まっているのだ。門を出ていくクラスメイトたちが私の名を呼んで考えの邪魔をする。

「行くの、行かないの」

ボストンバッグを軽く蹴り、じれったそうにおばは言う。行く、と私は答えた。

バスに乗って繁華街に出、私たちはデパートに入った。たった一泊なのに何を買うのかと訊《き》くと、歯ブラシとか、タオルとか、とおばは店内を見まわしながら答える。旅行用品売り場には小さなパック入りの洗剤や、携帯用のシャンプーセットなどが並んでいる。おばについてそれらを眺めて歩くと、今から長旅に出かけるような気がしてわくわくしてくる。結局おばは自分のと私のと、歯ブラシセットを二つ買ってデパートを出た。おばに言われるままコインロッカーにランドセルを押しこめ、硬貨を滑りこませて鍵をかけた。お菓子やジュースを買いこんで電車に乗った。乗ったことのない電車だった。

扉が閉まりゆっくり電車は動き始め、やがて窓の外に見慣れた街が流れ出した。斜め前に半分姿をのぞかせている暮れかけの太陽を追うように、電車はスピードを上げていく。私の手の中で缶コーヒーは冷め始めていて、残りのなまぬるい液体を慌てて口の中に流しこみ、ひょっとしたら私はこのまま帰ってくることができないのかもしれないと考えた。そうなることがうれしいことなのか悲しいことなのか決めかねて、窓ガラスに映るおばの横顔を盗み見たが彼女もやっぱり感情の読み取れない、ぼやけたような顔で過ぎていく街を見ていた。

ようこちゃんは母の妹で、祖母と一緒に住んでいるらしい。本当はどこに住んでいるのかよく知らなかった。ふらりと出ていって帰ってこないと祖母が来て嘆いていることもあったし、私のうちに来て二週間も三週間も帰らないこともあった。こちらから連絡する用件もなく、何かあったとしても彼女はしょっちゅう私の学校に迎えにきているから、電話番号も住所も私には知る必要がなかった。門のところにぽつりと立って私を待ち、繁華街へ出、デパートを眺めたり食事を奢《おご》ったりしてくれる。そのどちらでもなく、私を連れて不動産屋へ行くときもある。彼女はしょっちゅう部屋捜しをしている。ふらりと家を出て一人で住み始め、また突然帰ってくると祖母と母は話し合っていた。一人でいるのが怖いのだと母は言う。そのくせ飽きずにまた出ていくから困ったものだと祖母は言う。祖母と母は額《ひたい》を寄せて繰り返しそのことについて語り合っている。けれど実際のところ彼女がどうしてしょっちゅう——私とラーメンを食べるのと同じ頻度で——部屋を捜しているのか私は知らなかった。

学校の近くにある商店街の不動産屋に行くときもあれば、繁華街へ出て不動産屋を捜すときもある。おばはいつも、ガラス戸にびっしりと貼られた間取りを入念に眺め、貼り紙の隙間《すきま》から奥を窺うようにのぞきこみ、おばの中でゴーサインが出たときは中に入っていく。

「部屋を捜しているんですけど。ええ私一人です。この子は姉の子です。ほらこの上の小学校に通っているもので、ちょっと迎えにきたついでに」

不動産屋でおばは必ずこのせりふを言うから覚えてしまった。この間までクラスではやっていた不動産屋ごっこは私が発案者だった。おばと向かい合って不動産屋は、ほとんど私を中心にして話を進めていく。今何年生？　うちの姪《めい》も来年からあそこに通うんですよ。お嬢ちゃんチョコレート食べる？　それでどんな部屋を捜してるんでしょう、そんな具合に。

それから私たちはそこを出て部屋を見にいく。いつも同じような部屋だ。入ってすぐキッチンがあり、その奥に畳の部屋がある。不動産屋とおばの靴の傍《かたわ》らに自分の靴を脱ぎ、私もそっと部屋に上がる。人の住んでいない部屋の床はひんやりと足に吸いつく。人が来るのを待っていたようにも、立ち入るのを拒絶しているようにもとれる冷たさだ。間取り図とはべつに、訪れる空き部屋はいつも似たような印象を私に与えた。不動産屋と一緒に住宅街を歩きアパートの階段を上がり、扉を開くまでそこが空き部屋だとわからない。畳の匂いと湿った匂いの混じりあった空気は、不動産屋が扉を開けるまで動かずに停止している。私たちが入りこむとゆっくりと、ぎこちなく空気は動き始める。壁も襖《ふすま》も、むき出しになった電気のとりこみ口も突然の客を試すように見つめている。再び靴を履きそこを出、鍵を閉めてしまうと扉の向こうは無になる気がする。小学校三年のころまで私は空き部屋が怖かった。それは何か、存在していないものに思えた。学校の、使われていないトイレの奥に潜む（と言われている）幽霊や、押し入れの一番暗い所にいる妖怪、夜になると動き出す様々な生き物に近い何かに思えた。今はもう怖いと思うこともない。いろいろな人に眺められたあと空き部屋は空き部屋でなくなり、遠い未来にまたこういう状態に戻り、それを繰り返していくシステムが理解できるし、私たちの背中で戸が閉められてもその部屋は無になるわけではないと知っている。ただ、人の気配のない部屋に足を踏み入れたとき足元から伝わる冷たさに自分が徐々に飲みこまれそうになる感触は変わらず私を襲う。部屋をぐるりと見まわしてからおばはまず、

「ふうん」

と言う。窓を開けたり壁に触ったりしたあと私を振り向き、

「いいじゃない、ここ」

尋ねるような口調で言うので、そんなことはないとわかっていながら、おばは私と

ここで暮らしたいのではないかと思ってしまう。

「ここに冷蔵庫を置いてここは食器棚でしょ、それでここにテーブルと椅子を置いてさ、TVはここよね、それでここに本棚を置いて」

お芝居でも始めたみたいに大袈裟《おおげさ》な手振りで部屋を歩きまわり、おばは空想の見取り図を描く。決まりごとを守るように彼女はいつも空き部屋でそうする。ここにあれがきてここにあれを置いてと、私にでも不動産屋にでもなく夢中になってしゃべる。おばがどこかに部屋を借りていたとしても私はそこを訪ねたことがない。おばは本当に食器棚やテーブルを持っているのだろうか？　空き部屋で描いたとおりそれを配置しているのだろうか？　おばがいくら言葉を重ねても、そのとおりの部屋を思い浮かべることが私にはできない。あるいは、そこで暮らすおばを想像することができない。壁と床に囲まれた空間はただそれだけのものとして、おばに見られるただの空き部屋として存在を守っているような気がしてしまう。

電車の窓の外にはもう何も見えなくなる。ただ闇の中を進む。駅が近づくにつれ明るくなるが、駅を過ぎるとまた暗闇が続く。十分間停車しますとアナウンスが流れたあと、のっそりと電車はとまった。お弁当買ってくるとおばは私を置いて出ていった。窓の外の知らない街、聞いたことのない名前のデパートや見たことのない看板の絵柄を見ていた私は急激に不安になる。おばは発車前にちゃんと帰ってくるだろうか。不動産屋やデパートをまわったあと私を家まで送り、おばがうちに寄らずにそのまま帰ると言うとき私はいつもこんな気持ちを味わう。

「今日部屋を見たこと、おかあさんには内緒だよ」

と念を押し、白い手を振る。闇の中にゆらゆらと揺れた手の残像が残り、私に向けた後ろ姿がそのまま闇に紛れ消えていくように思いつついつでも私は声をかける。

「よう子ちゃん、どこへ行くの」

おばは振り向き、

「やあね、帰るんじゃない」

と笑う。

どきどきしながらおばの後ろ姿を思い浮かべていると、発車のベルと同時くらいにお弁当を抱えておばは戻ってきた。どっちがいいかと二つのお弁当を私の前に差し出す。

人気《ひとけ》のない駅で私たちは降りた。そこだけこうこうと光を放つ丸い時計は十一時近くを指していた。改札では眠そうな駅員が私たちをじっと見ている。発車を告げる笛の音が、暖房のきいていた電車の中と闇の中に降り立った私たちを切り離すように甲高く響く。改札を出てからだだっ広いだけで何もないロータリーに立ち止まり、おばはポケットを探って、

「あっ。招待券なくしちゃった」

けろりと言った。ああやっぱり全部嘘だったのだと思った。全部嘘だったとしたら、やっぱり私は帰れないのだろうか、明日、あさっての私たちはどこにいるのか、私はおばのボストンバッグを見つめてぼんやり考えていた。

「おまえなあ、そんなふうに、あそこがいやここがいやって、重箱の隅をつつくみたいに部屋を捜していたら一生決まらないぞ」

三軒目の不動産屋を出たあとでいきなり春男はそう言った。あからさまに不機嫌な声だった。一ヵ月前私たちは一緒に暮らす部屋を捜し始めたが、十一月という中途半端な時期も関係あるのか、なかなかいい物件には巡り合えなかった。もうずいぶん前から人に見放され放置されていたような部屋ばかり紹介された。それなのに、案内さ

れた部屋に入ると春男はすぐに「あ、ここいいねえ」と寝惚《ねぼ》けたような声で言う。それは不動産屋の手前とりあえず言ってみるようなニュアンスのものではなく、その場で私が同意したらすぐにでも契約してしまいそうな口調なのだ。けれど、西向きで夕方しか陽の射さない部屋のどこがいいのか、こじゃれているだけで収納の一つもない部屋のどこがいいのか、階下に口うるさそうな大家一家の住む部屋のどこがいいのかわからない私は、そのたびにもう少し考えますと彼をその部屋からひっぱり出してきた。ついさっきもそうやって彼を表に連れ出してきたばかりだった。

「重箱の隅なんてつついてない。明らかな欠点を言ってるんじゃないの」

反論すると、

「でも前に住んでた人だっていたわけだから、住めないほどの欠点ではないはずだよ」

むきになって言い返してくる。

「前に住んでた人のことなんて知らないわよ、あなたみたいにそうやってわけもなく焦って決めちゃったのかもしれないし」

彼は立ち止まってわざとらしく溜《た》め息《いき》をつく。彼が背にした塀《へい》からは、こぼれ落ちるような南天の実が顔をのぞかせ、彼の顔をふちどっている。

「マンション買うんじゃないんだよ。きみの言うその欠点とやらにどうしても耐えられなかったら更新せずにまた引っ越せばいいんじゃないか」

「そしたらまた二年後に同じことするのよ？　またこうして捜さなきゃならないのよ？　馬鹿みたい、何を焦ってるの、ゆっくり捜せばいいじゃない」

私たちはそのまま無言で歩き始める。まっすぐ続く住宅街の彼方には、すっきりと冴えた空が広がっている。そこに向かってあちこちから手をさしのべるような背の高いマンションが建っている。それらのどの部屋にも人が住んでいるのだと思うと不思議な気持ちになる。みんなどうやってその部屋に巡り合い、どういう理由でそこに住むことになったのか一軒一軒訊いてまわりたい気もする。

春男が引っ越しをこんなにも急ぐ理由を私は知っている。彼は今住んでいる自分の部屋があまり好きではないのだ。窮屈で壁が薄く、下の部屋に四六時中セックスしている若い女が住んでいるらしい。私も今自分の住んでいるワンルームが好きだというわけではない。つるりと白い四角い部屋は二年住んでいる私にまだよそよそしい。だからこそ私はゆっくりと部屋を捜したいのだ。立ち並ぶ集合住宅の、人の住む部屋の合間合間にひっそりと放置された空き部屋を思う。その中のどこかに私たちを、私たちによってドアを開けられるのを待っている部屋が必ずあるはずだと私は信じている。黙ったまま駅に着いてしまい、そのまま並んで切符を買った。

「もう少し捜せばいいところがあるわよ、捜した甲斐《かい》があったって思うようなところがきっとあるわよ」

黙ったままの春男の機嫌をとるように言ったが、春男はこくりと一つうなずいただけだった。

春男と別れて電車に乗ってから、不動産屋がくれた間取り図のコピーを取り出して膝《ひざ》に広げた。ついさっき案内された部屋は東側の窓が線路に面していた。騒音がどのくらいか聞いてみましょう、と若い不動産屋は窓を閉めきり、私たち三人は何もない部屋の中央に立って電車が通りすぎるのを待った。なかなか電車は来なかった。夜は電車は走りませんし、線路に近いということでそのぶん家賃は安くなっていますから。そう言った不動産屋に、そうですよね、かなり安いですよね、これだけの広さで、と春男が答えているとき電車が通りすぎた。春男は口を閉ざし、私たちは天井や窓や床を眺めながら耳を澄ませ、集中してその音を聞いた。

駅前から続く通りをずいぶんと歩いた。はるか彼方《かなた》には点々とともる明りが見えたが、どのくらい歩けばそこに着くのか想像もつかなかった。静まり返った道を車が走ってきてライトがあたりを照らすたび、私は顔を上げておばの後ろ姿を確かめた。車が通りすぎ再びあたりが闇に染まると、うちの前で手を振り背中を向けていくときのように、おばの後ろ姿はいまにも溶けていきそうに思えた。帰れるか帰れないかよりは、おばに置いていかれないようにすることのほうが大事だった。額が汗ばむほど足に力を入れ、懸命に歩く。

通り沿いにぽつりと建っている、薄暗いネオンをともした建物がどういう場所であるのか私はなんとなく知っていた。おばは立ち止まってその滑稽《こっけい》ともいえる建物を見上げ、立てかけてある看板を眺めている。青と白で染め抜かれ、西洋のお城とどこにでもあるそっけないビルが混ざりあったような建物は安物のデコレーションケーキを思わせた。おばが看板の前から動かないので私は入り口を捜した。どこが入り口なのかわからず、唯一入り口らしいところには薄汚れたビニールの暖簾《のれん》が垂れ下がり、その向こうにどんよりと濃い闇が広がっていた。

「ここに泊まらない？」

ビニールの暖簾をいじっている私に近づいてきておばは言った。かがみこんでビニールの向う側をのぞき、そこから入らずに裏へまわっていく。

「なんだかねえ、安くなってるみたいなの。それで明日の十一時までいてもいいんだって。きっとお客さんが来ないんだね」

歩きながらおばは独り言のように言った。おばはここがどんなところなのか知らないのだろうか。ぐるりと建物を半周すると入り口があった。開かれた扉から弱々しい光が漏れている。おばは窺うように中を覗《のぞ》く。

「ここ、きっと普通の旅館じゃないよ。きっと泊めてもらえないよ」

おばの背中にぴったりとくっついて私は言った。

「大丈夫よ、お金払えばお客さんだもの」

私にというより、自分に言い聞かせるようにそう言い、おばは中に入っていった。

建物の中はがらんとしていて人の気配がしなかった。部屋の写真がたくさん貼ってある看板があった。洋室も和室もあった。写真の中で電気がついているのが空き部屋で、そうでないものはだれかがもういるらしいことは私にもわかった。おばは看板に顔をつけるようにして一つ一つの部屋を見ていく。ようやく選んで写真の下のボタンを押すと、缶ジュースみたいに部屋の鍵が落ちてきた。

　エレベーターが停止する音も扉が開く音もいちいち響き渡った。廊下にはだれもいない。物音もしない。薄暗く、とろりとした明りに壁も床も、私たちの足元も溶けていってしまいそうで、林間学校でやった肝試《きもだめ》しを思い出した。明日目覚めたら私たちは草ぼうぼうの原っぱに寝ているのではないだろうか。

　扉が開く瞬間、目の前にどんな部屋が現われるのかと緊張したが、扉の向こうに特別驚くようなものは何もなかった。中央にベッドがあり部屋の隅にＴＶがあり、テーブルにはお茶のセットとポテトチップスが置いてあった。空き部屋でいつもそうするようにぐるりと部屋を見まわして、ふうん、とおばは言った。暖房がきいていないのか部屋はひどく寒く、おばはコートを着たままソファに腰かけてビールを飲み始める。私は部屋じゅうを歩きまわった。特別なことは何もなかったが奇妙な部屋だった。どこかで見たことのあるような気もするし、かといってまったく普通の旅館と同じというわけではなかった。私の抱く奇妙な感じは、異様に大きなベッドのせいでもガラスばりのお風呂のせいでもないと、コートを着て坐っているおばに視線を移したときなんとなく理解できた。その部屋は今までおばと見てきたいくつもの空き部屋に似ていたのだ。人の気配のない、扉を開けられるまで空気のとまっていたただの空間であるはずの場所に、たとえばおばの架空の見取り図どおりベッドを置きソファを置き、冷蔵庫を置いたような部屋だった。

ベッドに寝転がって薄いガイドブックを広げ、明日は何時に起きてまずここへ行ってと、口に出しながらおばが計画を練っているあいだ、私もベッドに寝転んで部屋の隅にある小さな窓を眺めていた。ウイスキーの瓶に似た、小さな四角をいくつもつなぎあわせた分厚いガラスで外は見えない。ただピンク色の明りが見えた。ピンク色はけいれんを起こすようにときおりぴりぴりと震え、ほんの一瞬消えてはまたすぐつく。そこから目を離さずにいると、今日学校に行っていたこともさっき電車に乗ったことも、この部屋に入る前に存在していたはずの私を取り巻くすべてが、ほかの人の見た夢の話を聞いているくらい遠いことに思えてくる。ひっきりなしにおばが吸い続ける煙草の煙で部屋の色彩は薄まり、ポットもTVも本物を真似て作られたべつの機械のようだった。私たちはずいぶん前からこうして二人きりで旅を続けているような気がする。今までおばと見てきたいくつもの空き部屋を泊まり歩いてきて今ここにたどり着いたような。私はふと、いつだったか日曜の昼に見たTV映画を思い出した。二人組のギャングが奪ったお金を持ってずっと逃走を続ける話だった。私とおばをその二人になぞらえるとたんに私はわくわくしてきて、もう帰らなくてもかまわない、空き部屋から空き部屋へと旅を続けていたい気になった。

電気を消し布団に潜りこむとシーツはきんと冷たかった。

「ギャング映画みたいだね」

私はそっと声を出した。

「何それ、どんなの」

筋を説明しようとするが、細かいことは思い出せず、

「お金を奪ってずうっと旅を続けるの」

とだけ言った。

「それで最後はどうなるの」

おばは訊く。

「どうなるんだっけな……えーとね、たしか二人とも死んじゃうの」

言ってからしまったと思った。言ってはいけないことを口にしたような気がした。

暗闇の中でおばを盗み見るがその結末をとくに気にもとめない様子で、おばはじっと天井を見ている。

「よう子ちゃん、何か話をしてよ」

なかなか眠れないので私はおばに頼んだ。うちに泊まるときおばはいつも枕元で、本を読んだり作り話を聞かせてくれた。

「あんたが一年生に上がったばかりのころ、おかあさんに頼まれて私あんたのあとをつけてたのよ」しばらくしてからおばはしゃべりだした。「学校からうちって遠いじゃない？　あんたはまだ六つの子供だし、ちゃんと帰ってこられるか心配だから、しばらくこっそりあとをつけてほしいって。見つかっちゃうと今度は頼るようになるから、絶対見つからないようにって。だから私学校に行ってさ、蔭《かげ》に隠れてあんたが出てくるのをじっと待ってたの。何人かと一緒に門を出て、道端の犬を触ったり変なところでしゃがみこんで土を掘り返してたり、商店街をはずれていつもとはべつの道に行っちゃったり、大変だったよ、突然意味もなく走り出したりするし。私があとつけてるの知っててわざとそうしたんじゃないかって思ったくらい」

全然知らなかったよ、と声を出したがおばは聞こえなかったように言葉を続ける。

「だんだん友達と別れていって、最後は二、三人でバス停に着くでしょ。たくさんバスがあるじゃない。あんたは乗るはずのバスが来ても乗らなくて、ほかの子がべつのバスに乗っていっちゃうのを見送ってるのよ。最後まで一人でぽつりとバス停に立っていて、それから何台かあんたの乗るバスが来てもどういうわけかやりすごしてさ、しばらくたってからバスに乗るのね。慌てて私も乗って、奥のほうで顔隠すようにして坐ってるの。バスの中では眠ったり外眺めたりしてるのに、ちゃんと自分の降りるバス停が近づくと顔を上げて、じいっと降車ボタンをにらんでてさ。間違えずに降りて、家にたどり着くのよね。あれ、十日くらい続けたんだけど、不思議だったなあ。一回も間違えないんだもん。足し算だってうまくできないような子供がよ、バスを乗り違えることもなく、友達についていっちゃうこともなく、似たような家がたくさん並んでる新興住宅地の自分のうちへちゃんとたどり着くんだもん」

私は首を傾けて、小さなウイスキー瓶の窓を眺めておばの淡々とした声を聞いた。布団の中はいつの間にか温かくなっていた。重いまぶたをくっつけると、窓に映っていたピンク色が閉じた目の中でちりちりちりと点滅していた。

夜中にふと目が覚めた。TVがついていた。おばは私に背中を向け、寝転がったままTVを眺めていた。TVでは裸の男と女が絡《から》まりあっていた。ぎょっとして思わず出しそうになった声を慌てて飲みこんだ。おばは身動きもせず食い入るように画面を見つめている。声をかけてはきっといけないのだと判断して私はそのまま目を閉じた。何度か薄目を開けておばの姿を確認した。再び私が眠りに落ちるまでおばはずっと同じ位置で、四角い画面の中の裸の男女をじっと見ていた。

どこを見ても私がいいと言わないので、春男は不動産屋とグルになる作戦をとり始めた。不動産屋と一緒になってその部屋の利点を並べあげ、すぐにでも決めないとほかの人に取られてしまうと言いたてる。けれどそんなふうに、右耳と左耳の両方からこの部屋は素晴らしい、ここがいいと思わないあなたはどこかおかしいと言われると、今度は逆に、そこに何か重大な欠点があるのではないかと思ってしまう。その欠点を私に気づかせないために彼等は言葉を費やしているのではないか。私は前よりなお一層念入りにその部屋を眺めまわす。

四人がけのファミリーレストランのテーブルに、今日もらってきた物件の間取り図を並べて話し合っているうちに、本格的に春男は怒り出した。部屋捜しを始めてから三ヵ月がたっていた。

「来月になったらおれの部屋は契約が切れるんだよ。つまらないことにいちゃもんつけてないでいい加減に決めようよ」

「じゃああなたはこの中でどれが一番いいと思うの？」

　春男はコピーの中から一枚を選び投げてよこした。カーサ・プリメーラ303号室だった。築七年のマンションで、リフォーム済みで清潔だったがとくになんということのない、つるりとした部屋だった。

「真ん中の部屋ってなんだか圧迫感がない？　壁に囲まれてて、奥まで陽が差さないじゃない。それに私内階段って嫌いなのよね。なんだか陰気くさい階段だったじゃない、暗くて。それにあの部屋も個性がないっていうか」

「個性？」春男はすっとんきょうな大声を出してスプーンをかちかちとカップにあてる。隣の席の女がびっくりして春男を見ている。「個性ってなんだよ、部屋に個性が必要なのかよ、六角形だったり壁が真っ黄色だったりする部屋に住みたいわけ？」

「そうじゃなくて、ここがいいっていう決め手がないって言ってるの」

　春男は何も言わなくなり、カップにスプーンの先を打ちつけ続ける。私はテーブルに目を落とし一枚一枚コピーを見ていった。間取りの上に架空の冷蔵庫やTVを並べていくと確かにどの部屋にも住めそうな気がしたが、それと同じくらい、その中のどの部屋にも住みたくなかった。

「あんたおかしいよ。部屋に期待しすぎだよ」カップの中にスプーンを投げ入れて春男は言った。「自分でワンピースをデザインして、それを買いにデパートに行ってるようなもんだよ」

なかなかいい比喩《ひゆ》だと思った。私は彼を見ずにもう一度最初から、部屋のコピーを見ていった。彼の言うとおり、私はどこかおかしいのだろうか。何枚も似たような間取りを眺め続けていると間違い捜しをしているみたいだった。けれど何を基準にして間違いを見つければいいのか、その答えを捜すように私はふとコピーから顔を上げた。

温泉につかったり小さな博物館を訪ねたりする合間に、ときおり不動産屋を見つけてはおばはガラス戸に貼られた間取り図を眺めていた。けれどガラス戸を開けて中に入っていくことはしなかった。

陽が沈んだころ駅のロータリーに着いた。来たときは何もないと思っていたがロータリーには土産物屋が何軒も並び、競うように明りをともしてまぶしいほどだった。一軒の土産物屋の前で私を待たせ、おばは切符を買いにいった。赤いコートが遠ざかっていくのを私は見つめていた。おばが買うのは帰る切符ではなく、またべつの場所へ向かう切符のような気がした。コインロッカーにぽつりと残されたランドセルを思い浮かべた。持ち主の現われない、どこにも行くことができず小さな闇に閉じこめられたままのランドセルを思うとおかしかった。けれどおばが差し出したのはやっぱり帰る切符だった。

「よう子ちゃん私、帰りたくないな」

ぽつりとそう言うと、ボストンバッグを持ち上げたおばはふと足を止め、私を見下ろして訊いた。

「それってどこかへ行きたいってこと？　それともここからどこにも行きたくないってこと？」

その口調は叱るふうでも帰ろうと促すふうでもなかったが、答えることを確実に要求するような言い方だった。おばが何を訊いているのかわからず、慌てて私は言った。

「学校は休むからさ、おかあさんにも私が誘ったって説明するからさ、ギャングたちみたいにこのまま旅をしようよ」

それを聞くとおばは唇を横に広げて笑い、

「だって最後は死んじゃうんでしょう？」

いつもの調子で言った。

家に着いたときはかなり遅い時間だった。ランドセルは私の背中にはりつき、慣れた重さを私に預けている。おばは門まで私を送ると、

「じゃあね」

と手を振った。

「うちに泊まっていきなよ」

「また今度ね」

おばは手を振りながらあとずさっていく。私が手を上げるのを合図のようにくるりと背を向け、歩き始める。

「よう子ちゃん、どこへ行くの」

きっといつもと同じ答えが返ってくると知りながら私は訊いた。

「帰るのよ」

おばは振り向いていつもと同じ答えを口にした。小さなボストンバッグを抱えた赤いコートの後ろ姿がどこへ行くのか、私の見たことのある空き部屋のどれかか、それともゆうべ私たちのいた奇妙な部屋か、祖母のいるあの古い一軒家か、いつかおばがそうしたように、私もこっそり彼女のあとをつけ彼女がどこへ帰っていくのか見届けたい気持ちを堪《こら》えて、私は自分の家のドアに手をかけた。

あと一週間だけ待ってやると春男は言った。一週間だけ待つからきみが一人でいいと思う部屋を捜してくれ。一週間しても見つけられなかったらおれはもう勝手に部屋を選ぶ。与えられた一週間のあいだ、五時きっかりに会社を出、不動産屋を訪ねてまわった。ほとんど毎日、不動産屋から会社に間取り図のコピーがファックスで送られてきて、ひんしゅくを買いながらそれらに目を通し、ときには買い物を装って部屋を見にいった。そうしていると春男の言うとおり、自分はかなりばかげたことをしているようにも思えた。たかが部屋を借りるだけなのに私は何を求めているのかと呆《あき》れもした。家を出てから今まで一人で引っ越しをしてきたのだって妥協を繰り返してそうしてきたのだし、それで何かが脅かされることはなかったというのに。

おばが死んだとき私は中学三年で、母と祖母の口から私の知らなかったことをたくさん聞かされた。病院に入る直前にも小さな部屋を借りる契約を交わしていたことや、おばが男の人とただの一度もつきあったことがなかったことや、何かのきっかけで気分が沈んだときは手のつけられないほど落ちこみ自分はいったいだれの子なのかと祖母に詰め寄り、どこかおかしいのではと本気で祖母たちが心配していたことを知った。聞かされる一つ一つの事柄は私にとってどうでもいいことだった。私が知りたいことは彼女たちの口にはのぼらなかった。また彼女と私が秘密にしてきた事柄——学校帰りに不動産屋へ行ったり食事をしていたことなども、母たちにとってはどうでもいいことのようだった。軒を連ねた店の、蛍光灯がまぶしいロータリーでおばがまっすぐ私を見つめて訊いたそのことを、私もおばに訊きたかった。数えきれない空き部屋を見て歩き、そのどこにも自分のいるべき場所を見つけられなかったのか、あるいはその逆に、ドアの向こうにぽかりと存在している部屋のどこにでも住むことができる、どの空き部屋も自分に向かってドアを開けている、そのことを確認したかったのか。

日曜の朝早く電話がかかってきて、ベッドから這い出て受話器を取った。ずいぶん前から通っている不動産屋からだった。

「この物件は今朝がた出たばかりなんですよ、それでね、まずおたくさんに最優先にお知らせしなくちゃと思ってね。もう三ヵ月過ぎてますものねえ、部屋捜し始められてから。あれですっけ？　ご結婚なさるんでしたっけ？　まあ部屋が見つからないことには話も進みませんからなあ。でも大丈夫、きっと気に入っていただけると思いますよ」

私の数歩先を歩きながら、小太りの不動産屋は明るい声で話しかけてくる。今日が春男の言った期限の最終日だった。男の声に相槌《あいづち》をうち、これから目の前に広がる部屋を想像して勝手に期待をふくらませる。ああここだったかと心の中で手を打ち、時間をかけて捜してよかったと不動産屋に笑いかけ、公衆電話で春男を呼び出す自分を順繰りに思い描く。

ここなんです、と彼は白い建物を指した。彼のあとに続いてポーチの階段を上がる。建物に入ると陽の光に慣れた目にはただの暗闇に見えた。建物の中はひっそりと静まり返っていて夏休みの学校を思わせる。三階でエレベーターを下り、差しこむ陽で白く輝く廊下をまっすぐに歩いていく。男は隅の部屋で立ち止まり、ポケットから鍵を取り出し手品師みたいな手つきでそれを鍵穴に差し入れる。きっとここだ、私を待っていたのはきっとこの部屋に違いないとなかば祈るように思いながら、ひとけのない廊下に響き渡る鍵の音を聞いた。

解説

斎藤美奈子

「まどろむ夜のＵＦＯ」「もう一つの扉」「ギャングの夜」。三つの中短編を収めたこの作品集は、角田光代の初期の代表作のひとつです。

『学校の青空』や『キッドナップ・ツアー』のように、角田光代には少年少女を描いた作品群もあり、それらにも児童文学のような捨てがたい味がありますが、現在の角田人気を支える要素は、本書『まどろむ夜のＵＦＯ』に凝縮されているように思います。この作品で彼女は若手の純文学作家に贈られる賞として定評のある野間文芸新人賞も受賞、角田光代の名前は一躍有名になりました。

角田作品にはよく、アパートやマンションの一室を複数でシェアする人たちが出てきます。「海燕」新人文学賞を受賞したデビュー作『幸福な遊戯』は家族でも恋人同士でもない若者たちの同居の物語でしたし、『みどりの月』『菊葉荘の幽霊たち』『東京ゲスト・ハウス』『エコノミカル・パレス』は、いずれも「都会を浮遊する若者たちの奇妙な同居生活」とまとめられそうな物語内容でした。「アパート文学」と呼びたくなるゆえんです。

もうひとつ、角田作品の特徴は、登場人物たちが、ちゃんと働いているのかいないのか、定職があるのかないのか判然としないまま、それでも飢え死にすることなく日々をすごしていることです。「フリーター文学」と呼びたくなるゆえんです。「週刊住宅情報」と「週刊アルバイトニュース」(じゃなくていまは「ａｎ」ていうんでしたっけ)。この二つに代表される世界が角田文学の基調をなしているのはたしかで、もちろん文学だから、読み捨ての情報誌といっしょくたに扱ったら罰が当たりますけれど、彼女の作品がきわめて現代的であることは、この一点をもってしてもあきらかです。鈴木清剛や吉田修一らの登場によって、九〇年代後半には「都市を浮遊する若者たちのよるべない日常」を描くのが文学のひとつのトレンドになったのでしたが、いまから思うと、角田光代はその先駆的存在だったように思います。

さて、『まどろむ夜のＵＦＯ』もアパート文学、フリーター文学の一応バリエーションと呼べるものです。

表題作「まどろむ夜のUFO」は、大学生の姉である「私」のもとに夏休みの間だけ、高校生の弟が泊まりにくる物語です。それだけならよくある微笑《ほほえ》ましい話なのですが、彼は姉の部屋の中に囲いをつくり、その内側で勝手に「ひとり暮らし」をはじめてしまう。台所を勝手に使って料理をし、得体の知れないジャムを作り、姉が知らない「彼女」のもとに出かけていく。身内であるにもかかわらず、挙動不審のこの弟は見知らぬ人のようです。

物語にはさらに二人の男が登場します。

まず、弟のタカシが友達だといって連れてきた、恭一と呼ばれるあやしげな人物。風体も話すこともおかしい上に、非常識で図々しいこの男は、どう見ても信用できません。当然、「私」は警戒します。けれども、このあやしげな人物は、やがて弟の留守中にも部屋を訪ねてくるようになり、彼女の側もそれを拒むどころか自分から部屋に誘ったりするのです。

そして、大学の友達であるサダカくん。「私」とサダカくんはきっちり五日ごとにデートをし、互いの部屋を行ったり来たりしています。一般的にはボーイフレンドに見えるでしょうし、几帳面《きちょうめん》で律儀なところはいかにも常識人。だから「私」は弟の挙動について相談したりします。しかし、彼は「私」との距離をそれ以上には縮めようとせず、しだいに「私」はサダカくんの中に相容《あいい》れぬものを感じはじめるのです。はたして彼らは「私」にとって何者なのでしょう。家族、友達、恋人……。どれにも当てはまりそうで当てはまらない不思議な距離感がそこにはある。

ちょっと話は飛びますが、私たちは、無意識のうちに「あっち側」と「こっち側」を峻別《しゅんべつ》しながら暮らしています。これは主に自己防衛本能によるものと思われます。たとえばドアのチャイムがピンポーンと鳴って、出てみると見知らぬ人が立っている。どうも何かの勧誘らしい。このときの見知らぬ訪問者は完全に「あっち側から来た人」です。そして、あなたが「いりません」と冷たく通告するのは「こっち側に入ってきて欲しくない」と考えるからです。「あっち」と「こっち」を物理的、心理的に分けるために発明されたのが、塀であり、鍵であり、シャッターであり、もろもろのセキュリティシステムであり、あるいは江戸城を囲む堀であり、かつてのベルリンの壁であり、鉄のカーテンだったといってもいいでしょう。

ところが、本書（角田光代の他の作品についてもいえることですが）の登場人物は、この「あっち側とこっち側」を分ける感覚が欠落しているように見えます。「私」にとって、タカシや恭一やサダカくんは、はたして「あっち側」なのか「こっち側」なのか。

作者はこの問いに確たる解答を用意しません。が、両者が反転、または交錯した瞬間というのは確実にあって、それはおそらく次のように書かれる場面です。

どこから入りこんだのか小さな蠅が、食べかけのまま放置されて色を変えた桃のまわりで飛んでいるのを眺めながら私は恭一と寝た。恭一の口も手も髪の毛も桃の匂いがした。

ちょっとまあ、どうかと思いますよね、この行動は。よりによってこんな男と寝なくても……。しかし、物語がここで大きく展開することに注意すべきでしょう。

それまでは自分の部屋という「こっち側」の世界にいて、タカシや恭一という「あっち側」の世界の侵入に始終イライラしていた「私」。が、彼女はこれを契機に（?）一歩踏みだし、弟の「引っ越し先」である「あっち側」の世界に自ら出向いていくのです。翌日、彼女が整然と片づけられたサダカくんの部屋をガチャガチャにかき乱して帰ってくるのは、彼女が「こっち側」の世界の秩序やルールに嫌気がさしたからではないでしょうか。

もしここで、彼女がそのまま「あっち側」の世界に入りこんでいけば、これは幻想小説かSF小説になるでしょう。逆に彼女が「こっち側」の世界に踏みとどまり、弟の秘密を探ろうと本格的に動きはじめたら、社会派ミステリになったかもしれません。さらに彼女がもっとゴチャゴチャ思い悩むのを好むタイプの人間だったら、恭一とサダカくんを巻き込んだ三角関係の愛憎劇（みたいなもの）に発展した可能性だって、ないとはいえない。しかし、小説はそういうわかりやすい展開にはならず、「私」は「あっち側」にも「こっち側」にも同化できない隙間のような場所に、宙ぶらりんのままいつづけるのです。

角田光代の「アパート文学」「フリーター文学」に共通するのは、この宙ぶらりん感です。

「もう一つの扉」は、同居人の女性が失踪し、その後に謎の男が入りこんでくる物語です。主人公の「私」は彼らから逃れるために新しい住まいに引っ越しますが、結局彼らは背後霊のように「私」についてきてしまう。ここに描かれるのは、表と裏がいつのまにか反転するメビウスの輪のような世界です。さらに「ギャングの夜」の主人公は、自ら望んで宙ぶらりん状態を選んでいるかのようです。かつて幼い姪《めい》を連れて街を彷徨《さまよ》ったおばと同じように、彼女は不動産屋をまわりながら、いつまでも住まいを確定できずにいるのです。

ただ、角田光代の小説はそのままでは終わりません。それは必ず「出口の可能性」を示して幕を閉じるのです。「まどろむ夜のＵＦＯ」でいえば、それは〈出口が見えた〉の一文ではじまる、いちばん最後のシーンでしょう。

私はビニールを勢いよくめくって表に出る。かすかな風が心地よかった。額の汗を拭い、大きく三回深呼吸して歩き始める。枝にびっしりしがみついた緑の葉がちらちらと光って目に痛かった。

ここはこの作品の中でももっとも美しい場面です。はたして青いビニールの外に出た彼女は、その先どこへ行くのでしょう。弟が去った後のアパートに帰るだけなのか。それとも別の場所に向かうのか。それは定かではありません。が、とにかく彼女は歩いていく。宙ぶらりんのままだって、人間は歩いていけるのだ。そんなメッセージがこのラストシーンには込められているようです。

宙ぶらりんとは、大人になりきれない状態、といいかえることもできます。そもそも「アパートでの共同生活」あるいは「フリーターという働き方」そのものが、「あっち」にも「こっち」にも属さない宙ぶらりんの状態です。

家族のもとで育ち、独立して一人暮らしをし、やがて自分も結婚してあらたな家族を築く。場合によっては恋人との同棲生活なんかが含まれるにしても、ルームメイトと部屋をシェアする習慣の薄い日本では、家族か一人かカップルか、それが世の中が認める暮らしの形で、角田光代が好んで描く「特に親しくもない男女または女女の同居生活」は、一般常識からはこぼれ落ちるモラトリアムな生活形態です。

同様に、フリーアルバイターという働きかたも「学校を卒業して就職する」というライフコースの隙間に挟まっているようなモラトリアムな状態です。「まどろむ夜のUFO」の主人公は大学生、「もう一つの扉」の主人公は派遣社員ですから、世間的には所属がはっきりしていますが、はたして彼女たちが地に足がついた形で将来を模索しているかといえば、とてもそうは思えない。「若いうちはそれでいいけど、三〇、四〇になったらどうするの？」と周囲に心配されるような宙ぶらりんの状態に、彼女（たち）はいる。

これをひとことでいえば、心理的な「住所不定無職」の状態です。

本書に収められた三編は、それ以降の作品にくらべると抽象性が高いため、ちょっと高踏的にも見えますが、角田光代の人気の秘密は、現在の一〇代、三〇代が無意識のうちに感じているだろう右のような感覚を、きわめて繊細な形で示しているからではないかと思われます。帰属のはっきりしない状態は不安定である半面、妙に居心地がよさそうだったりもする。住所と職を確定することは大人になるための必須条件ではありますが、「確定」を拒みたい気持ちも私たちの中にはあるんですね。それを許さず、むりやり答えを出すことを世間は求めるわけですが、はたして成長とはそんなに単純なことなのか。

角田作品の大きな美質は、語り手が思いのほか寡黙である、ということです。観察はしても、自分のことは必要以上に語らない。自らの心情だの生い立ちだのを、読者にむかってとうとうと述べたりはしないのです。

だけど、クールな語り口にだまされてはいけません。「寡黙であること」と「考えていないこと」は別。宙ぶらりんの世界にいる主人公／語り手は、現代の若い人たちの気分を代表していると同時に、大人になることを求めてきた「近代」を相対化する存在でもある、そんな気がしてなりません。

初出誌一覧

まどろむ夜のＵＦＯ　「海燕」一九九四年三月号
（初出時タイトル「微睡む夜のＵＦＯ」）

もう一つの扉　「文學界」一九九三年十一月号

ギャングの夜　「海燕」一九九五年一月号

この作品は、単行本として一九九六年一月ベネッセコーポレーションより、文庫として九八年六月幻冬舎より刊行されました。

|著者|角田光代　1967年神奈川県生まれ。早稲田大学第一文学部卒業。'90年「幸福な遊戯」で「海燕」新人文学賞を受賞しデビュー。'96年本書『まどろむ夜のUFO』で野間文芸新人賞、'98年『ぼくはきみのおにいさん』で坪田譲治文学賞、『キッドナップ・ツアー』で'99年産経児童出版文化賞フジテレビ賞、2000年路傍の石文学賞、'03年『空中庭園』で婦人公論文芸賞、'05年『対岸の彼女』で直木賞を受賞。他の著書に『夜かかる虹』『エコノミカル・パレス』『愛がなんだ』『トリップ』『All Small Things』『太陽と毒ぐも』『庭の桜、隣の犬』など多数。

まどろむ夜《よる》のＵＦＯ《ユーフオー》
角田光代《かくたみつよ》

2004年１月15日第１刷発行
2005年１月24日第２刷発行

発行者――野間佐和子
発行所――株式会社　講談社
東京都文京区音羽2-12-21　〒112-8001

電話　出版部（03）5395-3510
　　　販売部（03）5395-5817
　　　業務部（03）5395-3615

Printed in Japan

落丁本・乱丁本は購入書店名を明記のうえ、小社書籍業務部あてにお送りください。送料は小社負担にてお取替えします。なお、この本の内容についてのお問い合わせは文庫出版部あてにお願いいたします。

ISBN4-06-273928-3

講談社文庫
定価はカバーに
表示してあります

デザイン―菊地信義
製版――大日本印刷株式会社
印刷――豊国印刷株式会社
製本――株式会社若林製本工場

講談社文庫刊行の辞

二十一世紀の到来を目睫に望みながら、われわれはいま、人類史上かつて例を見ない巨大な転換期をむかえようとしている。

世界も、日本も、激動の予兆に対する期待とおののきを内に蔵して、未知の時代に歩み入ろうとしている。このときにあたり、創業の人野間清治の「ナショナル・エデュケイター」への志を現代に甦らせようと意図して、われわれはここに古今の文芸作品はいうまでもなく、ひろく人文・社会・自然の諸科学から東西の名著を網羅する、新しい綜合文庫の発刊を決意した。

激動の転換期はまた断絶の時代である。われわれは戦後二十五年間の出版文化のありかたへの深い反省をこめて、この断絶の時代にあえて人間的な持続を求めようとする。いたずらに浮薄な商業主義のあだ花を追い求めることなく、長期にわたって良書に生命をあたえようとつとめるところにしか、今後の出版文化の真の繁栄はあり得ないと信じるからである。

同時にわれわれはこの綜合文庫の刊行を通じて、人文・社会・自然の諸科学が、結局人間の学にほかならないことを立証しようと願っている。かつて知識とは、「汝自身を知る」ことにつきていた。現代社会の瑣末な情報の氾濫のなかから、力強い知識の源泉を掘り起し、技術文明のただなかに、生きた人間の姿を復活させること。それこそわれわれの切なる希求である。

われわれは権威に盲従せず、俗流に媚びることなく、渾然一体となって日本の「草の根」をかたちづくる若く新しい世代の人々に、心をこめてこの新しい綜合文庫をおくり届けたい。それは知識の泉であるとともに感受性のふるさとであり、もっとも有機的に組織され、社会に開かれた万人のための大学をめざしている。大方の支援と協力を衷心より切望してやまない。

一九七一年七月

野間省一

講談社文庫　目録

講談社文庫　目録

北原亞以子　花　冷え
北原亞以子　歳三からの伝言
岸本葉子　旅はお肌の曲がり角
岸本葉子　三十過ぎたら楽しくなった！
岸本葉子　家《うち》もいいけど旅も好き
岸本葉子　四十になるって、どんなこと？
岸本葉子　本がなくても生きてはいける
桐野夏生　顔に降りかかる雨
桐野夏生　天使に見捨てられた夜
桐野夏生　OUT《アウト》(上)(下)
桐野夏生　ローズガーデン
京極夏彦　文庫版 姑獲鳥《うぶめ》の夏
京極夏彦　文庫版 魍魎《もうりょう》の匣《はこ》
京極夏彦　文庫版 狂骨《きょうこつ》の夢《ゆめ》
京極夏彦　文庫版 鉄鼠《てっそ》の檻《おり》
京極夏彦　文庫版 絡新婦《じょろうぐも》の理《ことわり》
京極夏彦　文庫版 塗仏《ぬりぼとけ》の宴—宴の支度
京極夏彦　文庫版 塗仏の宴—宴の始末
京極夏彦　文庫版 百鬼夜行—陰

北森　鴻　狐　罠
北森　鴻　メビウス・レター
北森　鴻　花の下にて春死なむ
北村　薫　盤　上　の　敵
岸　惠子　30 年 の 物 語
木村　剛　小説ペイオフ〈通貨が堕落するとき〉
霧舎　巧　ドッペルゲンガー宮〈あかずの扉〉研究会流氷館へ
霧舎　巧　カレイドスコープ島〈あかずの扉〉研究会竹取島へ
黒岩重吾　古代史への旅
黒岩重吾　天風の彩王(上)(下)〈藤原不比等〉
黒岩重吾　雨《う》毒《どく》
黒岩重吾　中大兄皇子伝(上)(下)
栗本　薫　優しい密室
栗本　薫　鬼面の研究
栗本　薫　伊集院大介の冒険
栗本　薫　伊集院大介の私生活
栗本　薫　伊集院大介の新冒険
栗本　薫　仮面舞踏会〈伊集院大介の帰還〉
栗本　薫　怒りをこめてふりかえれ

栗本　薫　タナトス・ゲーム〈伊集院大介の世紀末〉
栗本　薫　青の時代〈伊集院大介の薔薇〉
栗本　薫　早春の少年〈伊集院大介の誕生〉
黒柳徹子　窓ぎわのトットちゃん
久保博司　日本の警察〈警視庁vs大阪府警〉
久保博司　日本の検察
黒川博行　燻　り
黒川博行　てとろどときしん〈大阪府警・捜査一課事件報告書〉
黒川博行　国　境
蔵前仁一　旅人たちのピーコート
蔵前仁一　インドは今日も雨だった
久世光彦　触れもせで〈向田邦子との二十年〉
久世光彦　夢あたたかき〈向田邦子との二十年〉
黒田福美　ソウルマイハート
黒田福美　ソウルマイハート　背伸び日記
黒田福美　ソウルマイデイズ
倉知　淳　星降り山荘の殺人
鍬本實敏　警視庁刑事〈私の仕事と人生〉
栗原美和子　せ・き・ら・ら〈生意気プロデューサーの告白〉

2004 年 12 月 15 日現在